双葉文庫

日溜り勘兵衛 極意帖

賞金首

藤井邦夫

目次

賞金首　日溜り勘兵衛　極意帖

第一話　賞金首

一

風花《かざはな》が舞う季節。

根岸《ねぎし》の里、御行《おぎょう》の松《まつ》や不動尊の草堂《そうどう》のある時雨《しぐれ》の岡《おか》に子供たちの遊ぶ声はなく、石神井川用水《しゃくじいがわ》の流れも煌《きら》めきを失っていた。

黒猫庵《くろねこあん》の広い縁側《えんがわ》には誰もいなく、障子の閉められた居間の炬燵《こたつ》には錏勘兵衛《しころかんべえ》と黒い老猫が潜り込んでいた。

「あらあら、揃って炬燵の中とはねえ……」

近くの百姓家の婆さんのおときは、台所から箒《ほうき》を持って入って来た。

勘兵衛は、おとき婆さんにそれなりの金を渡し、一日置きの掃除と洗濯を頼んでいた。

亭主を亡くしたおとき婆さんは、息子夫婦の代になった家の仕事の合間に黒猫庵に来て小遣銭《こづかいせん》を稼いでいた。

「うむ。雪でも降りそうな気配だな」

勘兵衛は、炬燵に入ったまま寒そうに身を縮《ちぢ》めた。

「雪なんて未《ま》だ未《ま》だ降りませんよ。さあ、掃除をしますから、退《ど》いた退《ど》いた」

おとき婆さんは、勘兵衛と老黒猫がいるのにも拘《かか》わらず、辺りに叩《はた》きを掛け始めた。

老黒猫は、おとき婆さんを睨《にら》むように一瞥《いちべつ》してのっそりと立ち去った。

「さあ、旦那も往生際《おうじょうぎわ》の悪い真似をしていないで、縁側にでも出ていてくださいな」

「分かった、分かった……」

おとき婆さんは、威勢《いせい》良く箒を使い始めた。

勘兵衛は苦笑し、煙草盆《たばこぼん》を手にして広い縁側に出た。

広い縁側に日溜《ひだま》りはなく、冷たい風が微《かす》かに吹き抜けていた。

勘兵衛は身を縮め、恨《うら》めしげに空を見上げた。

空には雲がどんよりと垂れ込め、弱い陽差しを遮《さえぎ》っていた。

勘兵衛は、縁側に座って煙管《きせる》を燻《くゆ》らせた。

煙草の煙《けむ》りは、立ち昇る暇もなく微風《そよかぜ》に吹かれて消えていく。

「旦那……」

石神井川用水沿いの小道を吉五郎《きちごろう》がやって来た。

吉五郎は、浅草駒形堂《あさくさこまがたどう》裏の小料理屋『桜《さくら》や』の隠居だが、裏では盗品を売り買いする故買屋《こばいや》をしている。

「おう……」

勘兵衛は迎えた。

「寒くなりましたね……」

吉五郎は、庭に廻された垣根《かきね》の木戸から入って来た。

「婆さん、客だ。熱い茶を頼む」

勘兵衛は、居間の掃除をしているおとき婆さんに告げた。

「あいよ……」

おとき婆さんの返事が、居間から威勢良く返ってきた。

「成《な》る程《ほど》。それで縁側で一服ですか……」

吉五郎は、勘兵衛が掃除の邪魔だとおときに居間から追い出されたのに気が付いた。

「ま、そんな処《ところ》だ。で、どうした……」

勘兵衛は、苦笑しながら尋ねた。

「そいつなんですがね。此《こ》の処《ところ》、米の値が上がり、米屋は何処《どこ》も大儲《おおもう》けだそうですよ」

吉五郎は、白髪眉《しらがまゆ》の下の小さな眼を僅《わず》かに輝かせた。

「だろうな……」

勘兵衛は頷《うなず》いた。

「こりゃあ、吉五郎さん。おいでなさいまし」

おときが、湯気の昇る茶を盆に載せて居間から出て来た。

勘兵衛と吉五郎は、話を中断した。

「やあ、おときさん。お邪魔しておりますよ。お変わりはございませんか。こいつはつまらない物ですが、召し上がってください」

吉五郎は、如才《じょさい》なくおときに手土産《てみやげ》を渡した。

「こりゃあ吉五郎さん、ありがとうございます。どうぞ……」

おときは、喜びに満ち溢《あふ》れた笑顔で吉五郎に茶を差し出した。

茶は温かく、湯気を立ち昇らせていた。

「ありがたい。こいつは温まりそうだ……」

吉五郎は喜んだ。

「はい。旦那……」

おときは、勘兵衛の前に湯気の昇る茶を置いた。

「うむ……」

勘兵衛と吉五郎は茶を飲んだ。

温かさが五体に染《し》み渡った。

「じゃあ、吉五郎さん、戴《いただ》きます。旦那、急いで掃除を済ませますよ」

おとき婆さんは手土産を押し戴き、吉五郎に微笑《ほほえ》み掛けて居間に戻って行った。

「やるじゃあないか……」

勘兵衛は苦笑した。

「抜かりはありませんよ」

吉五郎は笑った。

「で……」

勘兵衛は、吉五郎を促《うなが》した。

「大儲けしている米問屋からちょいと戴きませんか……」

「何か謂《いわ》れのある米問屋でもあるのか……」

勘兵衛は、吉五郎が暴利を貪《むさぼ》る悪辣《あくらつ》な米問屋を懲《こ》らしめようとしているのか尋ねた。

「いいえ。所詮《しょせん》、盗賊は盗賊。他人《ひと》さまを懲らしめようなんて偉そうな事は、申しちゃあおりませんよ」

吉五郎は薄笑いを浮かべた。

勘兵衛は頷いた。

「だったら良いが……」

盗賊が盗んだ金を貧乏人に施《ほどこ》し、義賊《ぎぞく》を気取るのは偽善に過《す》ぎない。

盗賊は、どう云《い》い繕《つくろ》おうが無法な悪党。世間の片隅で分相応《ぶんそうおう》に暮らしていれば良い。

「ま。陸奥《むつ》の国の飢饉《ききん》で米が値上がりをしているのは仕方がありませんが、米問屋もちょいと値上げをし過ぎじゃあないかと思いましてね」

吉五郎は、厳しさを過《よ》ぎらせた。

「商人は儲けるのが生業《なりわい》。だが、儲けも過ぎれば仇《あだ》をなすか……」

勘兵衛は苦笑した。

「ええ。あっしたちが少々戴いた処で痛くも痒《かゆ》くもないでしょう」

吉五郎は頷いた。

「で、当てはあるのか……」

「秋口から眼を付けている店が一軒……」

吉五郎は、三ヶ月前から押し込みを企てて密かに動いていた。

「抜かりはないか……」

勘兵衛は、吉五郎の持ち込んだ話に乗ってみることにした。


江戸の米問屋は、扱う米によって三つに区別されていた。

東海以西の米を扱う下《くだ》り米問屋。関八州《かんはっしゅう》や陸奥九カ国の商人米を扱う関東米《かんとうべい》穀三組《こくみくみ》問屋。残る一つの地廻《じまわり》米穀問屋は、関東米穀三組問屋同様に関八州と陸奥の商人米を扱うが、江戸市中に散在して小売業も兼ねていた。

これら江戸の米問屋の総数は三百以上とされ、地廻米穀問屋が最も多かった。

日本橋川には冷たい風が吹き抜けていた。

行き交う船は疎《まば》らであり、南茅場町《みなみかやばちょう》と小網町《こあみちょう》二丁目を結ぶ鎧《よろい》ノ渡《わたし》の渡し船にも客は少なかった。

米問屋『井筒屋《いづつや》』は、日本橋川と東堀留川《ひがしほりどめがわ》が合流する小網町二丁目、思案橋《しあんばし》の袂《たもと》にあった。

勘兵衛と吉五郎は、思案橋の袂から米問屋『井筒屋』を窺《うかが》った。

「井筒屋か……」

「はい。今度の米の値上げ騒ぎで一番儲けたと専《もっぱ》らの噂でしてね。金蔵には小判が唸《うな》っているそうですよ」

勘兵衛は、楽しげな面持《おもも》ちで米問屋『井筒屋』を眺《なが》めた。

米問屋『井筒屋』は、大名旗本家御用達《ごようたし》の金看板を何枚も掲げた大店《おおだな》だった。

店の奥には母屋《おもや》があり、東堀留川側に三棟の土蔵が並んでいた。

「金蔵は何処かな……」

「そいつは今、探りを入れています」

吉五郎は、既に米問屋『井筒屋』にかなりの探りを入れているのだ。

「よし。詳しく聞かせて貰おうか……」

勘兵衛は笑った。

蕎麦屋《そばや》の二階の座敷からは、東堀留川越しに米問屋『井筒屋』の表や船着場が良く見えた。

勘兵衛と吉五郎は、蕎麦屋の二階の座敷の障子を僅かに開け、米問屋『井筒屋』を眺めながら酒を飲んだ。

「で、井筒屋、どんな店なのだ……」

勘兵衛は、手酌《てじゃく》で酒を飲んだ。

「はい。主《あるじ》は三十代半ばの忠太郎《ちゅうたろう》と云いますが、父親で隠居の忠兵衛《ちゅうべえ》が一代で築き上げた店でしてね。隠居とは云いながら未だ未だ店の実権を握っていますよ」

吉五郎は苦笑した。

「商売上手か……」

「ええ。御用達の金看板も忠兵衛が商売敵《がたき》を出し抜いて手にした物だそうです」

吉五郎は、勘兵衛に酌をした。

「で、家族や奉公人は……」

「家族は、忠太郎とお内儀のおふく。子供が二人。そして、隠居の忠兵衛。忠兵衛の女房は六年前に病で亡くなっていますので、五人です。奉公人は、通いの番頭が二人と住み込みの手代が五人に小僧が三人。それに、下男や女中を入れて十七、八人程ですか……」

「家族と合わせると二十二、三人って処か……」

「はい。ま、二人の番頭は通いであり、五人の手代は土蔵の傍にある長屋に寝起きしていますので、夜の母屋にいるのは十五、六人ぐらいですか……」

吉五郎は、手酌で酒を飲んだ。

「かなり潜《もぐ》り込んでいるようだな……」

勘兵衛は、吉五郎の探りの手立てを訊いた。

「隠居の忠兵衛、骨董《こっとう》に眼がありませんでしてね。古田織部《ふるたおりべ》の作った棗《なつめ》を餌《えさ》に……」

古田織部は千利休《せんのりきゅう》の高弟であり、茶人として名高い武将だ。

吉五郎は、その織部の作った織部焼きの棗を餌にして好事家《こうずか》の忠兵衛に近付いた。そして、棗を安い値で譲り、忠兵衛と昵懇《じっこん》の仲になっていた。

「その織部焼きの棗、本物か……」

「ええ。一人働きの天狗《てんぐ》の重左《じゆうざ》が持ち込んで来た物でしてね。本物です」

吉五郎は頷いた。

「海老《えび》で鯛《たい》を釣る魂胆《こんたん》か……」

勘兵衛は苦笑した。

「ま、そんな処ですか。贋物《にせもの》を持ち込んで露見したら、元《もと》も子もありませんからね」

吉五郎は、隠居の忠兵衛の信用を得て米問屋『井筒屋』への出入りを可能にしたのだ。

勘兵衛は、徳利《とつくり》を差し出した。

「こいつは畏《おそ》れいります」

吉五郎は、勘兵衛の酌を受けて徳利を引き取った。

「どうぞ……」

「うむ……」

勘兵衛は、吉五郎の酌を受けた。

「で、金蔵は……」

「店か母屋の何処かに内蔵があり、おそらく金はそこにあるものと……」

内蔵とは、庭蔵に対して母屋などの建物に続いて建てられた蔵の事である。

「そうか。ま、焦らず探るんだな……」

「それは、もう……」

吉五郎は、忠兵衛たち『井筒屋』の者に不審を抱かれないよう、時を掛けて慎重に探っているのだ。

「よし。米問屋の井筒屋。獲物としては不足はないようだ」

勘兵衛は、笑みを浮かべて猪口《ちょこ》の酒を飲み干した。

外に男たちの声がした。

勘兵衛と吉五郎は、障子を僅かに開けてあった窓を覗いた。

東堀留川にある米問屋『井筒屋』の船着場に荷船が着き、人足たちが手代の指示に従って米俵を降ろし、威勢良く土蔵に運び込んでいた。

勘兵衛は、働く人足の一人が気になった。

手拭《てぬぐい》で頬被《ほっかむ》りをした人足は、土蔵と板塀で仕切られている母屋を見ながら米俵を運んでいた。

母屋の様子を窺っている……。

勘兵衛は、人足の様子をそう見た。

只《ただ》の人足じゃあない……。

勘兵衛の直観は囁《ささや》いた。

「井筒屋、繁盛しているか……」

勘兵衛は薄笑いを浮かべた。


米問屋『井筒屋』の米俵の荷下ろしは終わった。

荷船は帰り、人足たちはその日の仕事を終え、親方から日当を貰って散った。

勘兵衛が気にした人足は、貰った日当を懐《ふところ》に入れて浜町堀《はまちようぼり》に向かった。

勘兵衛が物陰から現れ、足早に行く人足の後を追った。

竈河岸《へっついがし》から浜町河岸に抜け、連なる大名家江戸下屋敷の間を通り、大川に架かっている新大橋《しんおおはし》に出る。

人足は足取りを時々変え、何気なく振り返ったりした。

明らかに尾行を警戒している……。

勘兵衛は苦笑した。

尾行を警戒する日雇い人足は、世の中に滅多にいるものではない。

大川の流れは、暗く大きくうねっていた。
人足は、新大橋を渡って深川元町《ふかがわもとまち》と御籾蔵《おもみぐら》の間の道を抜け、深川六間堀《ふかがわろっけんぼり》に出た。
勘兵衛は尾行《つけ》た。
人足は、深川六間堀に架かる猿子橋《さるこばし》を渡り、南六間堀町の裏長屋の木戸を潜った。
勘兵衛は見届けた。

米の値上がりは続き、金のある者は買い溜《だ》めに走り、貧乏人は堪《た》え忍ぶしかなかった。
米問屋『井筒屋』は、米を買い占めて御用達の大名旗本家に高値で売っていた。

忠兵衛の隠居所は、庭の奥にあり渡り廊下で母屋と結ばれていた。
忠兵衛の居間には大きな火鉢が置かれ、炭が真っ赤に熾《お》きていた。
吉五郎は、女中の出してくれた茶をすすりながら隠居の忠兵衛の来るのを待っていた。

「やあ。お待たせしました」

鶴のように痩《や》せた忠兵衛が、綿入《わたい》れ半纏《ばんてん》に襟巻《えりまき》姿でやって来た。

「いえ。風邪《かぜ》でも引かれましたか……」

吉五郎は、居間の温かさと防寒着姿の忠兵衛に尋ねた。

「いやいや。何分にも肉のない分、寒さが身に染みましてね」

忠兵衛は苦笑した。

「それなら良いですが……」

「それで吉五郎さん、何か掘出物《ほりだしもの》はありましたか……」

「それでございますが、こんな物が手に入りましてね」

吉五郎は、持参した古い小さな桐箱を差し出した。

「ほう。何ですかな……」

忠兵衛は、興味深げに眼を細めた。

吉五郎は、桐箱の蓋《ふた》を開けて木彫りの小さな蛙《かえる》の置物を取り出した。

「これは……」

忠兵衛は、小さな蛙の置物の謂れと価値を尋ねた。

「はい。仏師運慶《うんけい》が手慰《てなぐさ》みで彫った物で百両と云われています」

忠兵衛は、眼を輝かせて小さな蛙の置物を見詰めた。

「百両ですか……」

「はい。これが由緒書《ゆいしょがき》と折紙《おりがみ》です……」

吉五郎は、箱の底から二通の古びた書付けを出して忠兵衛に見せた。

「本物ですか……」

忠兵衛は、吉五郎に真剣な眼差《まなざ》しを向けた。

「いいえ。贋物《にせもの》です」

吉五郎は、笑顔で告げた。

「贋物……」

忠兵衛は驚いた。

「はい。木彫りの蛙は無論、由緒書や折紙も贋物です」

「ふむ……」

忠兵衛は、厳しい眼差しで木彫りの蛙を見据えた。

「そうですか、贋物ですか……」

忠兵衛は、感心したように呻《うめ》いた。

「運慶の作……」

「浅草の骨董屋の隅で埃《ほこり》を被《かぶ》っていましてね。一朱で買った物です」

吉五郎は笑った。

「とても、そうは見えませんねえ……」

忠兵衛は眉をひそめた。

「はい。本物と偽って売ろうと思えば、幾らでも売れる代物。我こそは目利《めき》きと鼻に掛けている好事家をからかうには持って来いの玩具《おもちゃ》ですよ」

「成る程、目利きを自慢する好事家をからかう玩具とは面白い」

忠兵衛は、子供のように眼を輝かせた。

「お気にいれば、どうぞ……」

吉五郎は笑った。

「えっ、戴けるのですか……」

「はい」

吉五郎は頷いた。

「そいつは嬉しいな、吉五郎さん……」

忠兵衛は喜んだ。

「処《ところ》で御隠居さま。先日、お譲りした織部の棗はいかがされました」

「寝間の戸棚に置いてありますが……」

「寝間ですか……」

吉五郎は眉をひそめた。

「ええ。寝間が何か……」

「はい。冬は乾燥が酷《ひど》いので、出来れば蔵の中にでも仕舞われた方が良いかと……」

吉五郎は、心配そうに告げた。

「蔵ですか……」

忠兵衛は、戸惑いを浮かべた。

「何か……」

「うちの蔵には、奉公人や人足がしょっちゅう出入りするし……」

忠兵衛の顔に困惑が広がった。

「それなら内蔵にでも……」

吉五郎は、肝心な事に何気なく踏み込んだ。

「内蔵ですか……」

「ええ。井筒屋さん程の身代《しんだい》なら、内蔵は云《い》う迄《まで》もなくおありでしょうから……」

吉五郎は、忠兵衛の反応を窺った。

「勿論《もちろん》、内蔵はあるが……」

忠兵衛は、微かに躊躇《ためら》った。

「何か拙《まず》い事でも……」

「いえ。内蔵は店と母屋の間にあるが、この隠居所からちょいと離れていましてな……」

忠兵衛は難色を示した。

内蔵は店と母屋の間……。

吉五郎は知った。

「そうですか……」

「それに、うちの内蔵は金蔵として使っていてね。鍵は倅《せがれ》の忠太郎と一番番頭の万蔵《まんぞう》が持っているので、出し入れが面倒だな」

忠兵衛は吐息を洩らした。

「そうですか……」

内蔵の鍵は、旦那の忠太郎と一番番頭の万蔵が持っている……。

吉五郎は知った。

「うん。それにしても大切なのは、織部の棗。どうしたものか……」

忠兵衛は困り果てた。

「じゃあ、取り敢えずは寝間を余り乾燥させないようにすれば宜しいかと……」

吉五郎は告げた。


深川六間堀は、本所竪川《ほんじょたてかわ》と深川小名木川《おなぎがわ》を南北に結んでいる。

勘兵衛は、猿子橋の袂から裏長屋の木戸を見張っていた。

派手な半纏を着た男が、裏長屋の木戸から出て来た。

勘兵衛は、塗笠《ぬりがさ》を目深《まぶか》に被《かぶ》り直した。

派手な半纏を着た男は、日雇い人足の甚八《じんぱち》だった。

甚八は、六間堀の堀端を本所竪川に向かった。

勘兵衛は追った。

甚八は、軽い足取りで堀端を進んだ。

あの日、勘兵衛は人足の名が甚八だと突き止め、素性《すじょう》を洗った。だが、遊び人と云うぐらいで詳しい素性は分からなかった。

隠している……。

素性を隠していること自体が、怪しい証《あかし》だとも云える。

盗賊かもしれない……。

勘兵衛は、甚八の素性を睨んだ。

甚八が盗賊だとしたなら、米問屋『井筒屋』を狙っているのは吉五郎の他にもいるのだ。

面白い……。

勘兵衛は、不敵な笑みを浮かべた。

二

冷たい風が吹き抜け、本所竪川には小波《さざなみ》が走っていた。

甚八は、六間堀の堀端から竪川沿いの道に出た。そして、松井橋《まついばし》の袂に佇《たたず》み、背後を窺った。

勘兵衛は、物陰に潜んで甚八を見守った。

甚八は、辺りに不審な事がないのを見届け、傍《かたわ》らにある店に足早に入った。

勘兵衛は、素早く松井橋の袂に走り、甚八が入った店の看板を見た。

口入屋《くちいれや》『巴屋《ともえや》』……。

甚八は、口入屋『巴屋』に入ったのだ。

勘兵衛は、口入屋『巴屋』の店内を窺った。

狭くて薄暗い店内に人影はなく、余り繁盛している様子はなかった。

どう云う口入屋なのだ……。

勘兵衛は、口入屋『巴屋』のある松井町二丁目の木戸番屋に向かった。


木戸番屋からは、口入屋『巴屋』の表が見えた。

勘兵衛は、老木戸番に小粒を握らせ、口入屋『巴屋』について聞き込みを掛けた。

「巴屋ですかい……」

老木戸番は、口入屋『巴屋』を眺めた。

「うむ。余り繁盛していないようだが……」

「ええ。旦那の長次郎《ちょうじろう》さん、遊山《ゆさん》の旅の好きな人でしてね」

「ほう。旦那は長次郎と申すのか……」

勘兵衛は、口入屋『巴屋』の主の名を知った。

「はい。その旦那の長次郎さんが、江ノ島《えしま》だ、熱海《あたみ》だ、箱根《はこね》だと、しょっちゅう店を閉めて出掛けていましてね。ありゃあ、繁盛なんかしませんよ」

老木戸番は苦笑した。

「遊山の旅か……」

口入屋『巴屋』の主長次郎の遊山の旅は、どのようなものなのか……。

「ええ、何処にそんな金があるのか……」

「巴屋の女房子供も大変だな」

「そいつが旦那、巴屋の長次郎さんには女房子供はおりませんでして……」

「いない……」

勘兵衛は眉をひそめた。

「ええ。おりませんでしてね。あっしと同じ年頃の下男夫婦と手代が一人の四人暮らしですよ」

「下男夫婦と手代か……」

「はい。遊山の旅には手代もお供して行きますよ」

「ならば、余り良い仕事の周旋《しゅうせん》は望めぬな」

勘兵衛は苦笑した。

「ええ。あっても他の口入屋の下請け仕事が殆《ほとん》ど。ま、お侍さんが仕事を探すのなら他の口入屋を当たった方が良いですよ」

老木戸番は、真剣な面持ちで勘兵衛に告げた。

「そうか。いや、造作を掛けたな……」

「いえ。良い仕事が見付かると良いですね」

老木戸番は、勘兵衛を仕事を探す浪人だと思って心配した。

「うむ。ではな……」

勘兵衛は、松井橋の袂に戻った。


口入屋『巴屋』は、相変わらず薄暗く出入りする者もいなかった。

甚八は、入ったまま出て来ていない。

何をしているのか……。

甚八が米問屋『井筒屋』の日雇い人足として働いたのは、おそらく口入屋の『巴屋』の周旋なのだ。

勘兵衛は読んだ。

甚八は、口入屋『巴屋』長次郎の指示で人足となり、米問屋『井筒屋』の何かを探ったのかもしれない。

もし、そうだとしたなら口入屋『巴屋』長次郎も盗賊なのかもしれない。

口入屋『巴屋』長次郎……。

勘兵衛は、長次郎に興味を抱いた。

口入屋『巴屋』は、竪川を吹き抜けた冷たい風に曝《さら》されていた。


大川の流れは暗く、大きくうねっていた。

勘兵衛は、本所竪川を渡って大川沿いの道を吾妻橋《あづまばし》に向かった。

浅草と本所を結ぶ吾妻橋には、人々が寒さに身を縮めて行き交っていた。

勘兵衛は吾妻橋を渡り、浅草広小路《ひろこうじ》から東本願寺《ひがしほんがんじ》や新寺町《しんてらまち》を抜けて下谷《したや》広小路に急いだ。


下谷広小路を行き交う人は少なかった。

勘兵衛は、下谷広小路を横切って上野《うえの》元黒門町《もとくろもんちょう》の口入屋『恵比寿屋《えびすや》』を訪れた。

「これは鉦さま……」

口入屋『恵比寿屋』の番頭の由蔵《よしぞう》が、勘兵衛を迎えた。

「やあ。女将《おかみ》さんはいるかな」

「はい。只今、お呼び致します」

由蔵は、帳場から居間に行った。

僅かな刻が過ぎ、女将のおせいが由蔵と共に居間から出て来た。

「これは、旦那……」

「ちょいと訊きたい事があってな……」

「とにかく、お上がり下さいな」

女将のおせいは、勘兵衛を居間に招いた。

「うむ。邪魔をする」

居間は温かく、長火鉢に掛けられた鉄瓶からは湯気が立ち昇っていた。

「どうぞ……」

おせいは、勘兵衛に温かい茶を差し出した。

「戴く……」

勘兵衛は、温かい茶をすすった。

温かい茶は、冷えた五体に染み渡った。

「で、御用は……」

おせいは尋ねた。

「本所竪川沿い松井町二丁目にある巴屋と申す口入屋、知っているか……」

「松井町の巴屋ですか……」

おせいは眉をひそめた。

「うむ……」

「さあ、聞いた事はありませんが……」

「では、長次郎と云う名の主はどうだ……」

「長次郎……」

「うむ。巴屋の主の長次郎だ……」

「それも聞いた事ありませんよ……」

おせいは首を捻《ひね》った。

「同業者仲間の噂でもないか……」

「はい……」

「そうか……」

おせいは、本所の口入屋『巴屋』と主の長次郎を知らなかった。

「それで旦那。その巴屋の長次郎、どうかしたんですか……」

「うむ。そいつなのだが、吉五郎がな……」

勘兵衛は、吉五郎が小網町の米問屋『井筒屋』の金蔵を狙っている事を教えた。

「へえ。吉五郎さんが米問屋の井筒屋さんをねえ……」

おせいは、興味深げに眼を煌めかせた。

「うむ……」

「で、吉五郎さんと巴屋の長次郎、何か拘わりがあるんですか……」

おせいは、微かな戸惑いを浮かべた。

「おせい。巴屋の長次郎、どうやら米問屋の井筒屋に押し込もうとしているようだ」

勘兵衛は、小さな笑みを浮かべた。

「じゃあ、巴屋の長次郎は……」

おせいは、『巴屋』長次郎の正体に気付いて緊張を過《よ》ぎらせた。

「確かな証拠はないが、おそらくな……」

勘兵衛は、長次郎が商《あきな》いに精を出さず、手代を連れてしょっちゅう遊山の旅に出掛けていることを教えた。

「そいつは怪しいですねえ……」

「うむ……」

「じゃあ、私も巴屋と長次郎のこと、同業者に詳しく聞いてみますよ」

「そうしてくれるか……」

「ええ。それにしても鉢合わせとは、面白いですねえ……」

おせいは、悪戯《いたずら》っぽく笑った。

「ああ。滅多にある事じゃあない……」

勘兵衛は苦笑した。

「鉢合わせの事、吉五郎さんは……」

「これからだ……」

勘兵衛は、おせいの口入屋『恵比寿屋』から浅草駒形の小料理屋『桜や』に廻るつもりだった。

冬の日暮れは早い。

大川は夕闇に覆《おお》われ、行き交う船は明かりを灯し始めた。

勘兵衛は、浅草駒形堂裏の小料理屋『桜や』を訪れた。

「いらっしゃいませ」

女将のおみなと亭主で板前の清助《せいすけ》は、勘兵衛を親しげに迎えた。

「お父っつあん、いるかな……」

勘兵衛は、おみなに尋ねた。

おみなは、吉五郎の一人娘だった。

「はい。丈吉《じょうきち》さんと座敷に……」

おみなは、板場の横の座敷を示した。

「よし。邪魔をする」

勘兵衛は、板場の横の座敷に向かった。


「こりゃあ旦那……」

吉五郎と船頭の丈吉は、勘兵衛の座を素早く作った。

「やあ……」

勘兵衛は、吉五郎と丈吉の作ってくれた座に着いた。

おみなが、勘兵衛の猪口や箸《はし》を用意して出て行った。

「どうぞ……」

丈吉が、勘兵衛に酌をした。

勘兵衛は、猪口に満たされた酒を飲んだ。

「井筒屋はどうだ」

勘兵衛は、吉五郎に尋ねた。

「はい。井筒屋の金蔵は内蔵にありましてね。場所と鍵を持っている者をどうにか突き止めましたよ」

吉五郎は微笑んだ。

「そうか……」

勘兵衛は眉をひそめた。

「何か……」

吉五郎は戸惑った。

「うむ。実はな。井筒屋に押し込もうと云う者が他にもいるようだ」

勘兵衛は、手酌で己の猪口を満たした。

「他にも……」

吉五郎は驚いた。

「ああ……」

勘兵衛は、猪口に満たした酒を飲んだ。

「何処の誰ですか……」

吉五郎は、厳しさを滲《にじ》ませた。

「本所の巴屋って口入屋の主だ……」

勘兵衛は、甚八と口入屋『巴屋』の主の長次郎の事を詳しく教えた。

「口入屋の巴屋長次郎ですか……」

吉五郎は眉をひそめた。

「聞いた事があるか……」

「いいえ……」

吉五郎は、首を横に振った。

「丈吉はどうだ」

「あっしも聞いた事がありません」

丈吉は首を捻った。

「そうか……」

「お頭《かしら》、どうしますか……」

いずれにしろ、自分たちの他にも米問屋の『井筒屋』に押し込もうとしている盗賊がいるのだ。

吉五郎は、緊張した面持ちで勘兵衛の指示を仰いだ。

「先ずは、長次郎と甚八の正体と素性を突き止めるしかあるまい」

「ええ……」

「よし。長次郎と甚八の正体と素性は、私と丈吉、それにおせいで追う。吉五郎は引き続き、井筒屋に探りを入れるのだな」

「はい……」

吉五郎は頷いた。

「それから巴屋長次郎は、甚八の他にも誰かを奉公人として井筒屋に潜り込ませているかもしれぬ……」

勘兵衛は、既に長次郎が米問屋『井筒屋』に手引き役を潜り込ませていると睨んだ。

「はい……」

吉五郎は、厳しさを滲ませた。

ひょっとしたら、手引き役として潜り込んだ者は、隠居の忠兵衛の許に出入りする吉五郎をじっと見詰めているかもしれない。

もし、そいつが自分を知っていたら……。

吉五郎は、言い知れぬ緊張を覚えた。

「吉五郎、呉々《くれぐれ》も無理は禁物。危ないと思ったら早々に手を引くんだ。良いな」

勘兵衛は、厳しい面持ちで命じた。

「心得ております」

吉五郎は喉《のど》を鳴らした。

勘兵衛は酒を飲んだ。

客たちの楽しげな笑い声が、小料理屋『桜や』の店から聞こえた。


本所竪川には荷船が行き交っていた。

勘兵衛は、本所相生町《あいおいちょう》三丁目にある煙草屋の二階の部屋を借りた。

煙草屋の二階の部屋の窓からは、竪川越しに口入屋『巴屋』の表が見えた。

勘兵衛と丈吉は、二階の部屋の窓から口入屋『巴屋』を見張った。

口入屋『巴屋』に、仕事を求めて来る者は滅多にいない。

口入屋は、隠れ蓑に過ぎないのだ。

勘兵衛は苦笑した。

「お頭……」

丈吉が、口入屋『巴屋』を見張ったまま勘兵衛を呼んだ。

「どうした……」

勘兵衛は、丈吉のいる窓辺に寄った。

「野郎が主の長次郎ですかね……」

丈吉は、口入屋『巴屋』から出て来た初老の男を示した。

羽織を纏《まと》った初老の男は小柄であり、若い手代に見送られて出掛けようとしていた。

「うむ。おそらく長次郎だろう……」

勘兵衛は頷き、長次郎を見詰めた。

長次郎は、勘兵衛と丈吉の視線を感じたのか、不意に視線を向けた。

勘兵衛と丈吉は、素早く身を潜めた。

長次郎は、勘兵衛と丈吉に気付かずに視線を戻し、竪川沿いの南岸の道を東に向かった。

「危ない処でしたね……」

「うむ……」

「やっぱり、只《ただ》の口入屋の親父じゃありませんぜ。どうします……」

「よし。私が追う。丈吉は猪牙《ちょき》で付いて来てくれ」

「承知……」

勘兵衛と丈吉は、煙草屋の階段を駆け降りた。


本所竪川沿いの道に人通りは少なかった。

口入屋『巴屋』長次郎は、竪川沿いの南岸の道を東に進んでいた。

勘兵衛は塗笠を目深に被り、対岸の道から尾行《つけ》た。

長次郎は、尾行て来る者を警戒して足取りを微妙に変えていた。

玄人《くろうと》……。

勘兵衛は、慎重に尾行した。

長次郎は、二つ目之橋の下の船着場に降りた。

二つ目之橋の下の船着場には、屋根船が繋《つな》がれていた。

長次郎は、屋根船の船頭に迎えられて障子の内に入った。

船頭は甚八だった。

甚八は、屋根船を大川に向けて漕《こ》ぎ始めた。

勘兵衛は、二つ目之橋の袂に佇み、大川に進んで行く屋根船を見送った。

丈吉の猪牙舟が、屋根船と擦《す》れ違《ちが》って来た。

勘兵衛は、船着場に駆け降りた。

丈吉は、猪牙舟の舳先《へさき》を大川に廻して船着場に船縁《ふなべり》を寄せた。

勘兵衛は、丈吉の猪牙舟に素早く乗り込んだ。

「追います」

「うむ……」

丈吉は、長次郎を乗せた甚八の屋根船を追った。

「お頭、そこにある褞袍《どてら》を着て下さい」

丈吉は、既に綿入り半纏を着ていた。

「うむ……」

勘兵衛は褞袍を纏って舳先に座り、長次郎を乗せた甚八の屋根船を見据えた。

川風は冷たかった。

屋根船は一つ目之橋を潜り、大川に出て流れに乗った。

丈吉は、猪牙舟を巧みに操《あやつ》って続いた。

大川には様々な船が行き交っていた。

長次郎を乗せた甚八の屋根船は、流れに乗って大川を斜《ななめ》に横切り、新大橋に向かっていた。

丈吉は追った。

「新大橋の西詰から三ツ俣《みまた》に入りますか……」

丈吉は、甚八の屋根船の進む道筋を読んだ。

「ああ。行き先は、おそらく小網町にある米問屋の井筒屋……」

大川の三ツ俣から日本橋川に抜け、遡《さかのぼ》れば米問屋『井筒屋』のある小網町に出る。

勘兵衛は睨んだ。

三

小網町の米問屋『井筒屋』は、小売りの米屋や料理屋、御用達の大名旗本家への米俵の運び出しも終わり、下男や小僧たちが土蔵の前の掃除をしていた。

二人の番頭以外の奉公人たちの中に、『巴屋』長次郎の配下はいる。
吉五郎は睨み、手代、小僧、下男、女中たち奉公人を見守った。
三人いる小僧は未だ幼く、盗賊の一味とは考え難い。
吉五郎は網を絞った。
残るは、手代、下男、女中たちであり、おそらく此処《ここ》一年以内に奉公した者の筈だ。
吉五郎は尚も網を絞り、密かに探りを入れる事にした。

小僧の貞吉《さだきち》は、米問屋『井筒屋』の裏口から出て来て浜町堀に向かった。
吉五郎は追った。
小僧の貞吉は、竈河岸にある油屋に入った。
使いに来た……。
吉五郎は睨んだ。
僅かな刻が過ぎ、貞吉が出て来た。
「おや、井筒屋の貞吉じゃあないか……」
吉五郎は、偶然の出逢いを装《よそお》って微笑み掛けた。

「あっ。桜やの御隠居さま……」

貞吉は、吉五郎を御隠居忠兵衛の好事家仲間だと知っていた。

「お使いですか……」

「はい。番頭さんの使いで、油の注文に来ました」

「そいつは御苦労だね。これから忠兵衛さんに逢いに行く処だが。どうだい、汁粉でも」

吉五郎は、近くにある甘味処《かんみどころ》を示した。

「えっ。でも……」

貞吉は、喉を鳴らして躊躇った。

「なあに、汁粉の一杯ぐらい直《す》ぐに食べられるさ」

「ですが……」

貞吉は、迷い躊躇った。

「もしも、誰かに咎《とが》められたら、自分は断ったが、桜やの隠居が無理矢理に誘ったと云うと良いですよ」

吉五郎は楽しげに笑った。

「はあ……」

貞吉は、釣られるように笑った。

小僧の貞吉は、美味《うま》そうに汁粉を食べた。

「ほう。じゃあ、貞吉は小僧の中でも一番の古手なのか……」

吉五郎は、温かい茶をすすった。

「はい……」

「じゃあ、もうじき手代だね」

「いえ。未だそんな……」

貞吉は、嬉しげに否定した。

「井筒屋さんの奉公人で一番新しい人は誰なんだい」

「一番新しい奉公人ですか……」

「うん。下男や女中も入れて……」

「それなら女中のおしまさんですよ」

「女中のおしま……」

「はい。今年の秋から井筒屋に奉公した女中さんです」

「今年の秋から……」

女中のおしまは、今年の秋から四ヶ月程しか奉公していないのだ。

「おしまさん、どうかしたんですか……」

貞吉は、吉五郎を怪訝《けげん》に見て、汁粉を食べる箸を止めた。

「いや。おしまがどうかしたんじゃあないんだな」

吉五郎は笑った。

「じゃあ……」

貞吉は困惑した。

「実はね。奉公人の雇い方でお店の懐具合が分かるんだよ」

「へえ、お店の懐具合が分かるんですか……」

貞吉は眉をひそめた。

「そりゃあ、お店の懐具合が良ければ人を雇い、悪ければ奉公人に暇を出す。どっちもなければまあまあですか……」

吉五郎は、言葉巧みに言い繕《つくろ》った。

「そうですねえ……」

貞吉は感心した。

「ああ……」

吉五郎は、苦笑しながら頷いた。

長次郎一味の手引き役は、おそらく秋から奉公したおしまと云う女中なのだ。

吉五郎は睨んだ。


大川の三ツ俣から行徳河岸《ぎょうとくがし》に進み、箱崎橋《はこざきばし》を潜ると日本橋川だ。

長次郎を乗せた甚八の屋根船は、日本橋川を遡った。

丈吉の猪牙舟は、勘兵衛を乗せて追った。

「やっぱり、行き先は小網町の井筒屋ですね」

丈吉は薄く笑った。

「うむ……」

勘兵衛は頷いた。

おそらく長次郎は、米問屋『井筒屋』の様子を探り、手引き役の者と密かに逢うのかもしれない。それは、長次郎たちの押し込みの時が間近な証とも云える。

勘兵衛は、長次郎の動きを読んだ。

甚八の操る屋根船は、日本橋川から東堀留川に入り、思案橋を潜って船着場に船縁を寄せた。

「どうします……」

「怪しまれないように通り過ぎ、次の親父橋《おやじばし》の船着場に寄せろ」

親父橋は、東堀留川に架かる橋で思案橋の次にある。

「承知……」

丈吉は、勘兵衛を乗せた猪牙舟を東堀留川に入れ、甚八の屋根船の傍を抜けて親父橋の船着場に向かった。

勘兵衛は、舳先から振り返って屋根船を窺った。

長次郎が、屋根船から船着場に降りた。

丈吉は、猪牙舟の船縁を親父橋の船着場に寄せた。

勘兵衛は、素早く船着場に降りた。

長次郎は、思案橋の上に佇んで米問屋『井筒屋』の横手を眺めていた。横手には板塀が続き、その向こうに土蔵が連なっていた。

勘兵衛は塗笠を目深に被り、東堀留川沿いの道を進んだ。

長次郎は思案橋を渡り、米問屋『井筒屋』の土蔵のある横手の板塀に近付いた。

勘兵衛は、思案橋の袂に佇んで見守った。

米問屋『井筒屋』の裏庭の井戸端では、三人の女中がお喋りをしながら野菜を洗っていた。

吉五郎は物陰に潜み、お喋りをしながら野菜を洗う三人の女中を見守った。

秋から『井筒屋』に奉公したおしまは、濡れた手に息を吹き掛けながら野菜を洗う三人の女中の中にいる。

年齢と言葉遣いから、吉五郎はおしまを割り出そうとした。

「あっ、後は私がやります」

若い女中は、二人の女中に告げた。

「あら、そうかい……」

「悪いねえ。おしまさん……」

「いいえ、もう少しですからどうって事ありません」

おしまと呼ばれた若い女中は、野菜を洗いながら小さく笑った。

「じゃあ、洗った野菜は持っていくからね」

「はい。お願いします」

二人の女中は洗った野菜を抱え、おしまを残して台所に入っていった。

おしまは一人残り、野菜を洗い続けた。

おしま……。

吉五郎は見定めた。

おしまは、野菜を洗いながら鋭い眼で勝手口や辺りを見廻した。

吉五郎は、咄嗟《とっさ》に物陰に隠れた。

おしまは、勝手口や辺りに不審はないと見定め、前掛で手を拭いながら垣根の木戸に急いだ。

吉五郎は追った。

勘兵衛は、思案橋の袂に潜んで長次郎を見守った。

長次郎は、土蔵の並んでいる板塀の傍に佇み続けた。

僅かな刻が過ぎた頃、板塀の木戸から若い女中が現れて長次郎に駆け寄った。

勘兵衛は見守った。

若い女中は、長次郎と短く言葉を交わし終え、足早に板塀の木戸の内に戻った。

若い女中は手引き役……。

勘兵衛は見定めた。

次の瞬間、長次郎は勘兵衛の視線を感じたのか振り返った。

勘兵衛に隠れる暇はなかった。

長次郎は、勘兵衛を見詰めた。

拙《まず》い……。

長次郎の視線を知らぬ振りをすれば、逆に不審を与える。

勘兵衛は、咄嗟に長次郎を見返した。

長次郎は、不興を買っての無礼討《ぶれいう》ちを恐れ、会釈《えしゃく》をしながら視線を逸《そ》らした。

勘兵衛は、塗笠を目深に被り直して思案橋を進んだ。

長次郎は、勘兵衛を上目遣いに窺い、思案橋の端を進んだ。

勘兵衛は進み、長次郎と擦れ違った。

擦れ違った長次郎は思案橋を渡り、緊張を滲ませて振り返った。

勘兵衛は、振り返りもせずに立ち去って行った。

長次郎は安堵《あんど》を漂《ただよ》わせ、思案橋の下の船着場に降り、甚八に何事かを命じて屋根船の障子の内に乗り込んだ。

甚八は、屋根船を日本橋川に漕ぎ出した。

勘兵衛は振り返り、思案橋に戻った。

丈吉の猪牙舟が、親父橋から思案橋の船着場に来た。

勘兵衛は、丈吉の猪牙舟に乗り込んだ。

丈吉は猪牙舟を日本橋川に漕ぎ出し、長次郎の乗った屋根船を追った。


甚八の屋根船は、日本橋川の流れを下った。

丈吉の猪牙舟は追った。

「長次郎が、手引き役と繋ぎを取った」

勘兵衛は、縕袍を纏って甚八の屋根船を見据えた。

「誰でした」

「若い女中だ……」

「若い女中……」

「うむ。長次郎たちの押し込みは近い……」

勘兵衛は睨んだ。

女中のおしまは、僅かな隙を狙って仲間の盗賊と繋ぎを取った。

吉五郎は、板塀の木戸の内側に忍び、おしまが人と逢ったのを知った。

逢った相手が誰なのかと、話の内容は分からなかった。だが、盗賊仲間と繋ぎを取ったのは間違いないのだ。

おしまは、井戸端に戻って野菜を洗い続けた。

吉五郎は、母屋の陰からおしまを見守った。

「あっ。桜やの御隠居さま……」

小僧の貞吉が、吉五郎の背後に続く店の脇の路地に現れた。

「やあ……」

吉五郎は、その場を離れて貞吉の許に進んだ。

「捜しました。御隠居さまがお待ち兼ねです」

「そいつは造作を掛けたね……」

吉五郎は詫びた。


屋根船は、二つ目之橋の船着場に着いた。

長次郎は、甚八に何事かを命じて屋根船を降り、口入屋『巴屋』に戻った。

甚八は、屋根船を操って竪川を進んだ。

丈吉は、猪牙舟を二つ目之橋の船着場に着けた。

「甚八を頼む。私は煙草屋から巴屋を見張る」

「承知……」

丈吉は、勘兵衛を降ろして甚八の操る屋根船を追った。


煙草屋の狭い店には、主である婆さんの楽しげな笑い声が響いていた。

「婆さん、今、帰った」

勘兵衛は、店の奥の居間に声を掛けて二階の部屋に行こうとした。

「お帰りなさい」

居間の障子を開け、おせいが顔を見せた。

「おう。来ていたのか……」

「ええ」

「旦那、土産に団子《だんご》を戴きましたよ」

煙草屋の婆さんは、団子を手にして皺《しわ》だらけの笑顔を見せた。

「そいつは良かったな」

勘兵衛は、おせいの如才のなさに苦笑した。

埋《うず》み火《び》は赤く熾きた。

勘兵衛は、火鉢に炭を継《つ》いだ。

「口入屋巴屋ですか……」

おせいは、二階の部屋の窓辺に座り、竪川越しに見える口入屋『巴屋』を眺めた。

「何か分かったのか……」

勘兵衛は、火鉢の五徳《ごとく》に鉄瓶を乗せた。

「ええ。巴屋の長次郎かどうか分かりませんが、小田原《おだわら》に相模《さがみ》の長兵衛《ちようべえ》って盗人がいるそうですよ」

おせいは、盗人仲間に聞き込みを掛けて来ていた。

「相模の長兵衛……」

「小田原の御城下は云うに及ばず、熱海や箱根に江ノ島なんかの大店や旅籠《はたご》、庄屋屋敷に押し込んでいるそうですよ」

「熱海や箱根に江ノ島で盗賊働きか……」

勘兵衛は眉をひそめた。

「ええ。巴屋の旦那の長次郎、熱海や箱根や江ノ島に良く遊山に行くとか……」

おせいは、勘兵衛を窺った。

「うむ。ならば長次郎の遊山の旅、本当は出稼ぎの旅かな……」

勘兵衛は苦笑した。

「江戸じゃあ長次郎、相模では長兵衛。違いますかね……」

おせいは微笑んだ。

「おそらく、おせいの睨み通りだろう」

勘兵衛は頷いた。

「それで、お頭の方は……」

「長次郎、井筒屋に手引き役を潜り込ませている……」

「手引き役……」

「女中だ」

「で、長次郎一味の押し込みは……」

「近い……」

勘兵衛は、厳しさを過ぎらせた。

「吉五郎さん、どうするんですかね」

「長次郎より早く押し込むか、押し込みを思い止《とど》まるか。いずれにしろ後はない……」

長次郎が押し込めば、奪う金はなくなって警戒も厳しくなるだけだ。

「で、おせい、盗賊の相模の長兵衛、外道働《げどうばたら》きなのか……」

「それが、はっきりしませんが、そうでもないようですよ」

「そうでもない……」

勘兵衛は眉をひそめた。

「ええ。押し込み先の旦那を脅して金蔵の錠前《じょうまえ》を外させ、金を戴いていくそうですよ」

「そうか……」

外道働きの盗賊には、遠慮や容赦はいらない。しかし、そうでないとすれば、同業者の邪魔をするだけの事になる。

そいつは盗人の仁義に悖《もと》る……。

「いずれにしろ、吉五郎がどう決めるかだ……」

勘兵衛は、米問屋『井筒屋』押し込みを企てた吉五郎に判断を任せる事にした。

火鉢に掛けてあった鉄瓶が、蓋を小さく鳴らして湯気を噴き上げた。

浅草花川戸町《はなかわどまち》の居酒屋『たぬき』……。

甚八は、屋根船で竪川から横川と源森川《げんもりがわ》を抜けて大川に出た。そして、浅草花川戸町の船着場に屋根船を繋いだ。

丈吉は慎重に尾行《つけ》た。

甚八は、屋根船を降りて花川戸町にある居酒屋『たぬき』に入った。

丈吉は見届けた。そして、居酒屋『たぬき』がどんな店なのか、周辺に聞き込みを掛けた。

「明後日……」

吉五郎は戸惑った。

「ええ。死んだ女房の七回忌でしてね。明日から倅の忠太郎一家と二番番頭たち奉公人を何人か連れて、千駄ヶ谷《せんだがや》にある菩提寺《ぼだいじ》の瑞園寺《ずいえんじ》に行くんですよ」

隠居の忠兵衛は、茶をすすりながら告げた。

「千駄ヶ谷とは遠いですね」

吉五郎は眉をひそめた。

「ええ。ですから明日は昼前に発って千駄ヶ谷泊まり。で、明後日の朝から法事をやって墓参りをして、昼過ぎに千駄ヶ谷を発つ……」

「で、明後日の夜には帰ってきますか……」

「ええ。菩提寺が遠いのも厄介《やっかい》なものですよ」

忠兵衛は、行く前から疲れたような吐息を洩らした。

「じゃあ明日、お店は一番番頭の万蔵さんと残った奉公人たちが……」

「ええ。万蔵が泊まり込み、一切を取り仕切る事になっています」

「ですから吉五郎さん、明日と明後日はお見えになってもおりませんので……」

「それはそれは……」

「分かりました……」

明日の夜、米問屋『井筒屋』の主一家と奉公人の何人かは留守なのだ。

手引き役の女は、おそらく長次郎にその事を報せたのだ。

長次郎の押し込みは、明日の夜中……。

吉五郎は睨んだ。

「処《ところ》で御隠居さま、今日、お伺いしたのは他でもございません。書画に興味はございますか……」

「書画ですか……」

忠兵衛は戸惑った。

「はい。名高い歌人の書や一休《いっきゅう》禅師や二刀流の宮本武蔵《みやもとむさし》などが描いた絵にございますよ」

「ほう。書画でも珍しい逸品となると、良い値なんでしょうね」

「それはもう。実は、私の知り合いに芝口《しばぐち》で呉服屋をしている旦那がおりましてね」

吉五郎は囁いた。

「呉服屋さんがどうかしましたか……」

「それが、商売が上手く行かなくて、今迄に買い集めた絵をどなたかにお譲りしたいと仰っていましてね……」

吉五郎は、呉服屋の旦那に同情するように眉をひそめて告げた。

小料理屋『桜や』は、馴染客《なじみきゃく》たちが楽しげに言葉を交わしながら酒を飲んでいた。

おみなの亭主で板前の清助が、忙しく料理を作っていた。

「戻ったぜ……」

吉五郎が、板場の勝手口から入って来た。

「お帰りなさい。お義父《と》っつあん、座敷に勘兵衛さんが……」

清助が、料理を作りながら座敷を示した。

「うん……」

吉五郎は、笑みを浮かべて頷いた。

四

猪口に満たされた酒は、微かな湯気を漂わせた。

吉五郎は、温かい酒を飲んだ。

酒は、冷え切った身体を温めてくれた。

「口入屋巴屋長次郎、正体はおそらく相模の長兵衛って盗賊だ」

勘兵衛は告げた。

「相模の長兵衛……」

「ああ……」

勘兵衛は、おせいが探って来た事を吉五郎に教えた。

「箱根に熱海に江ノ島、遊山じゃあなくて出稼ぎでしたか……」

吉五郎は笑った。

「うむ……」

勘兵衛は頷き、長次郎が米問屋『井筒屋』に潜り込ませた手引き役は若い女中だったと告げた。

「ええ。若い女中の名はおしま。そうでしたか、おしまが板塀の外で繋ぎを取った相手は、長次郎でしたか……」

吉五郎は、板塀の内側からおしまを見張っていた事を告げた。

「それで丈吉の調べでは、長次郎の指図で甚八が手下に触れを廻したようだ。押し込みは近いな」

「長次郎の押し込みは、おそらく明日の夜中でしょう」

「明日の夜中……」

勘兵衛は眉をひそめた。

「はい……」

吉五郎は、隠居の忠兵衛から聞いた法事の話を伝えた。

「明後日、千駄ヶ谷の菩提寺で法事と墓参りか……」

「それで、明日の昼過ぎに出立すると……」

明日の夜、主の忠太郎一家と隠居の忠兵衛、何人かの奉公人はいない。

長次郎は、おしまからそれを聞いた筈だ。

「分かった。長次郎の押し込み、吉五郎の睨みに間違いあるまい……」

勘兵衛は、吉五郎の睨みに頷いた。

「はい……」

「で、どうする……」

勘兵衛は、吉五郎の出方を窺った。

「盗賊が押し込み先で鉢合わせをしたら前代未聞ですね」

吉五郎は苦笑した。

苦笑は、押し込みは明日の夜と決めているのを教えた。

「うむ。となると、長次郎が押し込む前だな」

勘兵衛は読んだ。

「はい。これが井筒屋の見取図です……」

吉五郎は、畳んであった見取図を広げた。

勘兵衛は、見取図を覗き込んだ。

吉五郎は、見取図に描かれた店を指差した。

「此処《ここ》が店と帳場。で、客と商売の話をする座敷。そして、此処《ここ》が台所で廊下の先に母屋があります」

吉五郎は、見取図を指先で示しながら説明した。

「奉公人たちは何処だ」

「手代と下男たちは土蔵の前の長屋。小僧や女中たちは店の二階に……」

「で、内蔵は……」

勘兵衛は尋ねた。

「此処です……」

吉五郎は、母屋の手前にある短い廊下の先にある部屋を指差した。

内蔵は、店よりも台所に近かった。

台所の外が井戸のある裏庭であり、土蔵が並ぶ処に出る。

「忍び口は台所かな……」

「はい。夜中には女中たちもいなくなり、内蔵にも近いので、おそらく……」

吉五郎は頷いた。

「で、内蔵と金蔵の鍵は主の忠太郎と一番番頭の万蔵が持っているのだな」

「はい。主の忠太郎は、千駄ヶ谷の菩提寺に行っていて留守ですので、一番番頭の万蔵が明日の売上など、金の出し入れをする手筈かと……」

吉五郎は読んだ。

「うむ。で、井筒屋、店仕舞いは申《さる》の刻七つ半（午後五時）だったな」

「はい。それから売上金や米の出入りなどの帳簿を付け、翌日の仕度をして一日の仕事を終えるのは、酉《とり》の刻六つ半（午後七時）頃だと思います」

「よし。長次郎が夜中に押し込む前に終わらせるか……」

勘兵衛は、楽しそうな笑みを浮かべた。


夜明け前の本所竪川は、大川に向かう荷船で賑わう。

荷船は下総《しもうさ》で収穫された野菜を積み、大川の三ツ俣に進んで行徳河岸に行く。

丈吉は、煙草屋の二階の部屋の窓から口入屋『巴屋』を見張っていた。

口入屋『巴屋』は大戸を閉め、人の出入りはなかった。

部屋に置かれた火鉢には、真っ赤に熾きた炭が埋《い》けられていた。

丈吉は褞袍を着込み、窓辺に座って見張りを続けた。

甚八が廻した触れで、長次郎の手下が集まって来るのは、おそらく昼を過ぎてからだ。

それ迄に一寝入りしておく……。

丈吉は、壁に寄り掛かって居眠りを始めた。


午《うま》の刻九つ（正午）。

米問屋『井筒屋』の主の忠太郎は、お内儀のおふくと子供たち、そして隠居の忠兵衛を町駕籠《まちかご》に乗せ、二番番頭たち数人の奉公人を従えて千駄ヶ谷の瑞園寺に出立した。

吉五郎とおせいは、思案橋の袂に潜んで見届けた。

「隠居の忠兵衛さんの云った通りですね」

おせいは微笑んだ。

「ああ。お頭に報せてくれ」

「承知……」

おせいは、吉五郎と別れて勘兵衛の許に急いだ。

米問屋『井筒屋』は、一番番頭の万蔵が残った奉公人たちと商売を続ける。

残った奉公人の中には、女中のおしまと小僧の貞吉がいた。

吉五郎は、見張りを続けた。

本所竪川、松井町二丁目の口入屋『巴屋』には、遊び人風体の男やお店者風の男が訪れた。

丈吉は、煙草屋の二階から見守った。

遊び人風体の男やお店者風の男は、『巴屋』に入ったまま出て来る事はなかった。

男たちは、長次郎の配下の盗賊であり、米問屋『井筒屋』に押し込む為に集まっている。

丈吉は睨んだ。

口入屋『巴屋』長次郎は、今夜遅く米問屋『井筒屋』に押し込む……。

丈吉は見定めた。

米問屋『井筒屋』は、いつもと変わらぬ商売を続けた。

貞吉は、朋輩の小僧たちと掃除や雑用に忙しく働いていた。

おしまは、他の女中たちと仕事に精を出していた。

吉五郎は見守った。

おしまは、おそらく夜中に台所の勝手口から長次郎たちを招き入れ、内蔵に手引きをするのだ。

吉五郎は、忍び口を勝手口と睨み、おしまと長次郎の動きを推し量った。

内蔵の鍵はどうするのだ。

既に合鍵を作ってあるのか、それとも一番番頭の万蔵から奪い取るのか……。

もし、奪い取るとして、万蔵が抗《あらが》ったらどうするのだ。

場合によっては、万蔵は云うに及ばず、貞吉たち奉公人は皆殺しにされるかもしれない。そして、長次郎の本性が冷酷非情なものだったら、手引き役のおしまも殺して己との拘《かか》わりを綺麗に消し去る筈だ。

そうはさせたくない……。

吉五郎は、不意にそう思った。

そうか……。

吉五郎は気付いた。

長次郎に押し込みを思い止まらせれば良いのだ。しかし、どうすれば押し込みを思い止まらせる事が出来るのだ。

吉五郎は思案した。

「お頭……」

吉五郎は、険しい面持ちで呟《つぶや》いた。

陽は日本橋川の上流、江戸城の向こうに沈み始めた。

米問屋『井筒屋』が、商売を終える申の刻七つ半は近付いた。


夕暮れ刻が訪れた。

口入屋『巴屋』を訪れた男たちは四人であり、長次郎、甚八、手代と合わせて七人だ。

丈吉は見定め、煙草屋を出て二つ目之橋の船着場に繋いであった猪牙舟に乗り、大川に向かった。


冬の日暮れは早い。

申の刻七つ半、米問屋『井筒屋』は大戸を閉めた。

手代と小僧は、店内外の後片付けと掃除を急いだ。

一番番頭の万蔵は、古手の手代の駒吉《こまきち》と売上げなどの金の出入りに十露盤《そろばん》を入れた。
主の忠太郎一家と隠居の忠兵衛のいない母屋は、明かりも灯されず暗く静まり返っていた。

夜の闇に覆われた母屋の庭に、黒い人影が揺れた。
黒い人影は、忍び装束《しょうぞく》に身を固め、錏頭巾《しころずきん》を被った勘兵衛だった。
勘兵衛は、暗い庭と母屋を窺った。
人の気配はない……。
勘兵衛は見定め、指笛を短く鳴らした。
盗人装束の吉五郎と丈吉が、闇の奥から現れた。
勘兵衛は、母屋の奥の雨戸を指差した。
「お頭……」
丈吉は戸惑った。
「忍び口は母屋の縁側……」
勘兵衛は囁き、母屋の縁側に走った。

丈吉と吉五郎は続いた。

勘兵衛は、米問屋『井筒屋』に押し込む忍び口に店や勝手口ではなく、母屋を選んだ。

主一家の出掛けている母屋は、忍び込むのに容易と云えた。

勘兵衛、丈吉、吉五郎は、縁側の雨戸に取り付いた。

勘兵衛は、雨戸の向こうに人の気配がないのを見定め、丈吉に目配せした。

丈吉は頷き、問外《といかき》を雨戸の隙間に差し込んだ。そして、雨戸の竪猿《たてさる》を探り、穴から外した。

勘兵衛は、丈吉が竪猿を外した雨戸を僅かに引いた。

雨戸は、音を立てずに開いた。

勘兵衛は、人一人が出入り出来るだけ雨戸を開けて忍び込んだ。

母屋の縁側は暗く、冷たさが漂っていた。

勘兵衛は、暗がりに忍んだ。

吉五郎と丈吉が、続いて忍び込んで来た。

勘兵衛は、母屋と店の間にある内蔵に向かった。

吉五郎と丈吉は続いた。

一番番頭の万蔵と手代の駒吉は、売上げと金の出入りを検《あらた》めて帳簿付けを終えた。

「御苦労だったね。駒吉……」

万蔵は、筆を置いて帳簿を閉じた。

「いえ。お疲れさまでした」

駒吉は、売上金などを金箱に入れて蓋を閉め、封印した。

「よし。後片付けをして晩御飯を食べてくれ。私は金を蔵に仕舞ってから行くよ」

「はい……」

万蔵は金箱を抱え、手燭《てしょく》を持って帳場から廊下に向かった。

駒吉は、硯《すずり》や筆、十露盤などを片付け始めた。

店と母屋を繋ぐ廊下は、柱に掛けられた掛《か》け行燈《あんどん》の明かりに照らされていた。

万蔵は、廊下を進んで母屋の前を右に曲がった。そこには、内蔵の頑丈な格子戸があった。
万蔵は、手燭と金箱を脇に置き、懐から鍵を出して内蔵の錠前に差し込んだ。
錠前は小さな音を響かせて解けた。
万蔵は、頑丈な格子戸を開け、観音開きの内扉を押した。
内扉は開いた。
万蔵は、金箱と手燭を持って内蔵の中に入った。
刹那《せつな》、天井から舞い降りた勘兵衛が、万蔵に続いて内蔵に入った。
手燭の炎が消え、内蔵は闇に包まれた。
万蔵は戸惑った。
勘兵衛は、間髪《かんはつ》を容《い》れず万蔵の首筋に手刀を打ち込んだ。
万蔵は、気を失って崩れ落ちた。
勘兵衛は、崩れる万蔵を抱き留めて壁に寄り掛からせ、内蔵の中を見廻した。
金箱が積まれ、大小様々な桐箱や壺などの骨董品があった。
吉五郎と丈吉が忍び込んで来た。
勘兵衛は、積まれている金箱を示した。
丈吉と吉五郎は、金箱の封印を切って小判を確かめた。そして、金箱を抱えて素早く内蔵から出て行った。

金箱は重く、男一人が持ち出せる金額は限られている。

勘兵衛たちは、動きが制限される程の重さの金は盗まない。

吉五郎と丈吉は、自分の力に見合っただけの金を盗み取って行った。

勘兵衛は、眠り猫の絵の描かれた千社札《せんじゃふだ》を残し、音もなく立ち去った。

内蔵には気を失った万蔵が残された。


退《の》き口《ぐち》は忍び口と同じだ。

勘兵衛は、母屋の縁側を通って庭に降りた。

吉五郎と丈吉は、既に庭にはいなかった。勘兵衛は雨戸を閉め、問外を使って堅猿を戻した。


これで、誰が何処から忍び込んだかは分からない。

内蔵に行ったまま戻らない万蔵は、やがて店の者に見付けられる。

盗賊に押し込まれた……。

万蔵と店の者は気付き、大騒ぎをして役人に届ける筈だ。

それで良い……。

勘兵衛は、暗がり伝いに庭を抜けて土蔵を囲む板塀の外に出た。

板塀の外には東堀留川が流れ、思案橋が架かっている。

勘兵衛は、思案橋の船着場に駆け下りた。

船着場には猪牙舟が繋がれ、大店の隠居姿に戻った吉五郎と船頭姿の丈吉が待っていた。

勘兵衛は、素早く錏頭巾を取り、忍び装束を脱いだ。そして、着流し姿になって塗笠を目深に被った。

「丈吉……」

「はい。じゃあ……」

丈吉は、盗み取った金を乗せた猪牙舟を日本橋川に向かって漕ぎ出した。

勘兵衛と吉五郎は見送った。

丈吉の猪牙舟は、日本橋川の流れの彼方《かなた》に消え去った。

「さあて、巴屋の長次郎はどうするか……」

吉五郎は笑みを浮かべた。

「うむ……」

勘兵衛と吉五郎は、口入屋『巴屋』長次郎こと相模の長兵衛がどうするか見定めるつもりだった。

丈吉の猪牙舟は船行燈を揺らし、日本橋川の流れを下って箱崎橋を三ッ俣に曲がった。

船行燈が、揺れながら行く手から近付いて来た。船行燈は屋根船のものであり、障子の内は暗かった。

丈吉の猪牙舟は、屋根船と擦れ違った。屋根船の船頭は甚八だった。

暗い障子の内には、口入屋『巴屋』こと相模の長兵衛一味が乗っているのだ。

丈吉は睨み、苦笑した。

甚八の漕ぐ屋根船は、三ッ俣を日本橋川に進んで行った。

新大橋の下に出た丈吉の猪牙舟は、大川の流れをゆっくりと遡った。

米問屋『井筒屋』は、何事もなく四半刻（三十分）が過ぎた。

一番番頭の万蔵が気を取り戻さないのか、押し込みは未だ気付かれてはいない。

勘兵衛と吉五郎は、思案橋の袂から見守った。

「お頭……」

吉五郎は、日本橋川を揺れながら近付いて来る灯りを示した。

勘兵衛は、近付いて来る灯りを見詰めた。

灯りは屋根船の船行燈だった。

屋根船は船行燈を揺らし、日本橋川から東堀留川に入って来た。

勘兵衛と吉五郎は、暗がりに身を潜めた。

屋根船は、思案橋の下の船着場に船縁を寄せた。

甚八は、船着場に降りて米問屋『井筒屋』の様子を窺った。

甚八……。

勘兵衛は、長次郎一味が屋根船で来たのを知った。

「お頭……」

「ああ。長次郎たちだ……」

「さあて、どうなる事やら……」

吉五郎は、微かな嘲《あざけ》りを過ぎらせた。

米問屋『井筒屋』に騒《ざわ》めきが湧き上がった。

勘兵衛たちの押し込みが、漸《ようや》く気付かれたのだ。

手代が、米問屋『井筒屋』から駆け出して行った。
自身番《じしんばん》に届けに行った。
勘兵衛と吉五郎は睨んだ。
甚八は戸惑い、屋根船の障子の内に声を掛けた。
障子の内から長次郎が現れ、険しい面持ちで米問屋『井筒屋』を見据えた。
米問屋『井筒屋』には騒《ざわ》めきが溢れ、夜空に呼子笛《よぶこぶえ》が鳴り響いた。
長次郎と甚八は狼狽《うろた》えた。
米問屋『井筒屋』の板塀の木戸から女が出て来た。
女中のおしまだ。
長次郎は、おしまの許に急いだ。
おしまは狼狽えていた。
長次郎が、思案橋を渡って来た。
「お頭……」
おしまは、喉を引き攣らせた。
「どうなっているんだ」

長次郎は、戸惑いと苛立《いらだ》ちを滲ませた。

「押し込みです」

「押し込み……」

長次郎は眉をひそめた。

「はい。誰かが押し込み、内蔵からお金を盗っていったそうです」

「金を盗っていった……」

長次郎は、先客がいたのを知って呆気《あっけ》に取られた。

「ええ。それで、手代が自身番に報せに行きました。どうします」

おしまは怯えた。

「もうすぐ役人が駆け付けて来る。押し込み処《どころ》か彷徨《うろつ》いているだけでも怪しまれる。おしま、お前も早く店に戻って大人しくしていな」

「は、はい……」

「ああ。おしま、押し込んだのが何処の誰か、探るんだ」

「承知しました。じゃあ……」

おしまは、長次郎に会釈をして板塀の木戸の内に消えた。

男たちが駆け寄って来る足音が響いた。

長次郎は闇に潜んだ。

報せに行った手代が、岡っ引風の男や自身番の者たちを案内して米問屋『井筒屋』に駆け込んで行った。

長次郎は、思案橋の下の船着場に降りた。

「お頭……」

甚八が、困惑した面持ちでいた。

「先に押し込んだ奴がいた」

「えっ……」

甚八は驚いた。

「詳しい事は後だ。とにかく此処から離れろ」

長次郎は命じ、屋根船に乗った。

甚八は、長次郎の乗った屋根船を日本橋川に進めた。

勘兵衛と吉五郎は、闇に忍んで見送った。

「巴屋に戻るようですね」

吉五郎は笑った。

「ああ。気の毒だが、長次郎の井筒屋押し込みは此迄《これまで》だ」

勘兵衛は、厳しい面持ちで見送った。

五

分け前は一人百二十五両……。

勘兵衛は、米問屋『井筒屋』から盗み取った五百両を四人で分けた。

「ほんと、上手くいきましたね」

おせいは、百二十五両を風呂敷に包んで腰にしっかり結び付けた。

「うむ……」

勘兵衛は、猪口の酒を飲んだ。

「それにしても巴屋の長次郎、驚いたでしょうね。先に押し込んだ盗人がいて
……」

丈吉は笑った。

「ああ。狐に摘《つま》まれたような顔をして引き上げていったよ」

吉五郎は、手酌で酒を飲んだ。

「吉五郎、明日、どうする……」

勘兵衛は訊いた。

「井筒屋の御隠居たちが帰って来るのは、明日の夕方。噂を聞いたと、見舞いに行ってみますよ」

「ならば、女中のおしまをな……」

「はい。長次郎が井筒屋の押し込みを諦《あきら》めたなら、おしまが女中として潜り込んでいる必要はない、ですか……」

吉五郎は、勘兵衛の腹を内を読んだ。

「そう云う事だが、直ぐに姿を消せば押し込んだ盗賊の仲間と思われる。暫《しばら》くは今のまま大人しくしているだろうが……」

勘兵衛は読んだ。

「気になりますか……」

吉五郎は、怪訝に勘兵衛を見詰めた。

「うむ。この一件、これで済むとは思えなくてな」

勘兵衛は、厳しさを過《よ》ぎらせた。

「じゃあ、長次郎が未だ何かを企むと……」

吉五郎、おせい、丈吉は緊張を滲ませた。

「ひょっとしたらな……」

勘兵衛は眉をひそめた。

「分かりました。おしまの様子、見てきます」

吉五郎は頷いた。

「じゃあ、あっしは引き続き巴屋を見張りますか……」

丈吉は膝を進めた。

「そうしてくれ……」

長次郎は、このまま黙って手を引く筈はない。

必ず何かを仕掛けて来る……。

勘兵衛は、そう思えてならなかった。


米問屋『井筒屋』は、盗賊に押し込まれて大金を盗み取られた。

噂は江戸の町に直ぐに広がった。

「米の値上げで大儲けをした報いだ……」

「命を奪われなかっただけでも良かったじゃあねえか……」

「ま、大儲けをしている米問屋だ。盗賊に押し込まれても仕方がねえさ」

町の者たちは囁き合った。囁きは、米問屋『井筒屋』に対する同情は少なく、喝采する者が多かった。

吉五郎は、米問屋『井筒屋』を訪れた。

米問屋『井筒屋』は、大戸を降ろして店を閉めていた。

吉五郎は、大戸の潜り戸を叩いた。そして、応対に出た者に己の名を告げた。

「あっ。桜やの御隠居さまですか……」

応対に出た者は小僧の貞吉だった。

「ああ。貞吉かい……」

「はい」

貞吉が、潜り戸を開けた。

「お邪魔しますよ」

吉五郎は店内に入った。

「御隠居さま……」

「話は聞きましたよ。大変でしたね。怪我はしませんでしたか……」

「はい。おいらも番頭さんも大丈夫です」

「そいつは良かった。で、番頭の万蔵さんはいますかね」

「はい……」

貞吉は、奉公先の店が盗賊に押し込まれて微かな興奮状態だった。

吉五郎は、帳場の奥の座敷に通され、一番番頭の万蔵と逢った。

「どうぞ……」

女中のおしまが、吉五郎に茶を差し出した。

「これはこれは、御造作をお掛けします」

「ごゆっくり……」

おしまは、一礼して去った。

勘兵衛の読み通り、おしまは『井筒屋』に女中としていた。

「それにしても押し込みとは、話を聞いて驚きましてね。取り敢えずお見舞いに……」

「わざわざありがとうございます。ま、怪我人が出なかったのと、井筒屋の身代を傾かせる程の金が盗まれなくて幸いでした……」

万蔵は、老いた顔に疲れを滲ませた。

「本当ですねえ。で、旦那さまや御隠居さまには……」

「昨夜の内に手代を走らせましてね。旦那さまが先に戻って来る筈です」

「そうですか。それにしても押し込んだ盗賊、何処の誰か分かったんですか……」

「それが、今も南町奉行所で同心の旦那にいろいろ訊かれたのですが、不意に手燭の火を消され、闇の中で襲われたもので……」

万蔵は吐息を洩らした。

「じゃあ、盗賊の手掛かり、何もないのですか……」

「いえ。此処《ここ》だけの話ですが、内蔵に眠り猫の絵の描かれた千社札が残されていましてね」

「眠り猫の千社札……」

「はい。同心の旦那は、押し込んだのは、おそらく眠り猫と云う盗賊だと……」

「ほう。眠り猫ですか……」

吉五郎は、南町奉行所の同心がどれ程、盗賊の眠り猫を知っているのか探りを入れた。

「はい……」

「眠り猫とは長閑《のどか》な名前の盗賊ですね」

「ええ。ですが、凄腕の盗賊だそうでしてね。正体や素性は皆目《かいもく》分からず、一味の者がいるかどうかも良く分からないそうです」

万蔵は眉をひそめた。

「得体《えたい》の知れない盗賊ですか……」

吉五郎は、厳しい面持ちで応じた。

おしまは、米問屋『井筒屋』に女中として残っていた。そして、南町奉行所は盗賊の眠り猫を追っている。

吉五郎は、隠居の忠兵衛が戻った頃を見計らって再び見舞いに来ると万蔵に告げ、米問屋『井筒屋』を出た。そして、横手の思案橋に廻り、女中のおしまの動きを見張った。

行き交う人々は、盗賊に押し込まれた米問屋『井筒屋』を見て嘲りを浮かべて囁き合っていた。そこには、米の値上がりで大儲けをしている米問屋への羨望《せんぼう》と、押し入った盗賊に対する喝采が滲んでいた。

どんな善人にも悪が秘められ、どんな悪人にも善がある。

所詮、善と悪とは裏表、どっちが顔を出すかは、風の吹くまま気の向くままだ。

吉五郎は、行き交う人々の嘲りを決して悪いものとは思わなかった。

本所竪川、松井町二丁目の口入屋『巴屋』は、大戸を閉めたままで商売をする気配はなかった。

丈吉は、竪川越しに向かい合う煙草屋の二階の部屋から『巴屋』を見張った。

『巴屋』の主の長次郎は動かず、甚八と手代が忙しく出入りしていた。

甚八と手代の出入りには、何らかの目的があるように思われた。

それが何か……。

丈吉は、口入屋『巴屋』を見詰めた。

甚八や手代を締め上げるのは造作もない事だが、それは長次郎に不審を抱かせて警戒させるだけなのだ。

今は長次郎の動きを待つしかない……。

丈吉は、微かな苛立ちを覚えた。


冬の寒い日が続いた。

勘兵衛は、老黒猫と居間の炬燵に潜り込んでいた。

老黒猫が不意に起き上がり、広い縁側との間の障子を一瞥して鳴き、のっそりと居間から出て行った。

誰か来たのか……。

勘兵衛は、居間の障子の外の広い縁側に人の気配を探した。

「旦那、いらっしゃいますか……」

おせいが、広い縁側から声を掛けて来た。

「おせいか。こっちだ。あがってくれ……」

勘兵衛は、炬燵に入ったまま告げた。

老黒猫の動き通りに人が来た。

勘兵衛は苦笑した。

「お邪魔しますよ」

おせいが、障子を開けて居間に入って来た。

「おう。寒かっただろう。まあ、炬燵に入ってくれ」

勘兵衛は、おせいに炬燵を勧め、火鉢に掛けられた鉄瓶の湯を急須に注いだ。

「あっ、お茶なら私が淹《い》れますよ」

おせいは、火鉢の傍に来た。

「そうか。じゃあ頼む……」

勘兵衛は、茶を淹れるのをおせいに任せた。

「はい。どうぞ……」

おせいは、手際良く淹れた茶を勘兵衛に差し出した。

「おう。すまぬな……」

勘兵衛は茶をすすった。

おせいは、自分の茶を淹れて炬燵に入った。

「旦那、面白い触《ふ》れが廻りましたよ」

おせいは、笑顔で告げた。

「面白い触れ……」

勘兵衛は戸惑った。

「ええ。眠り猫の素性、正体、居所を報せた者には五十両。殺して首を持参した者には百両……」

おせいは、笑顔の中に厳しさを過ぎらせた。

盗賊・眠り猫の首に賞金が懸けられた。

「ほう。眠り猫の首に百両の賞金が懸けられたか……」

勘兵衛は、他人事のように聞き返した。

「はい……」

おせいは深く頷いた。

「賞金を懸けたのは長次郎か……」

勘兵衛は睨んだ。

「ええ。長次郎の奴。井筒屋に押し込んだ盗賊が眠り猫だと知り、出し抜いて虚仮《こけ》にしたと怒り狂ったそうでしてね。ぶち殺すにしても眠り猫の素性や正体、何も分からないので賞金を懸けて触れを廻したって処《ところ》ですか……」

おせいは苦笑した。

「そうか、百両か……」

勘兵衛は、己の首を撫でた。

「どうします。私たちでも良く知らない旦那の素性や正体。滅多に知れる恐れはないでしょうが、時が経てばいろいろ煩《わずら》わしくなるかもしれませんよ」

おせいは、眉をひそめて心配した。

「火事は小火《ぼや》の内に消すのが上策か……」

「ええ。気が付いたら周りは火の海ってこともありますからね」

おせいは頷いた。

「そいつは恐ろしいな……」

勘兵衛は不敵に笑った。


盗賊・眠り猫の首には、百両の賞金が懸けられた。

江戸の盗賊たちは、眠り猫の素性や正体を探る為に蠢《うごめ》いた。

「道理で甚八たちが忙しく動き廻っている訳か……」

丈吉は眉をひそめた。

「同業の盗賊の首に賞金を懸けるとは、長次郎の野郎、呆れ果てた馬鹿だな」

吉五郎は苦笑した。

「ですが、懸けられた賞金が賞金です。江戸中の盗賊が眠り猫を捜し始めますよ」

「うむ……」

吉五郎と丈吉は、おせいと同じように心配をした。

素性や正体は分からなくても、盗賊の眠り猫が浪人の鎚勘兵衛だと知れる恐れはある。

「どうすれば良いんですかね……」

丈吉は困惑した。

「丈吉、自分の首に懸けられた賞金の始末の仕方は、お頭が一番良く知っているさ……」

吉五郎は笑った。


本所竪川の流れには、月が蒼白く映えて揺れていた。

口入屋『巴屋』は、大戸を閉めて眠りに就いていた。

狭い店の横手の部屋には手代、隣りの台所の奥の部屋には老下男夫婦、そして座敷では長次郎が鼾《いびき》を掻《か》いて眠っていた。

長次郎の鼾は、縁側との間の障子を微かに震わせていた。

縁側の雨戸が音もなく開き、黒い人影が忍び込んで来た。

黒い人影は、錏頭巾を被り忍び装束を纏った勘兵衛だった。

勘兵衛は、縁側の奥の暗がりに忍び、長次郎の鼾を窺った。

鼾は、途切れる事もなく、一定の間隔で波打つように響いていた。

眠っている……。

勘兵衛は見定め、長次郎の寝ている座敷の障子を開けた。
長次郎の鼾は続いた。
勘兵衛は、暗い座敷の隅に忍び、鼾を掻いて眠っている長次郎を見据えた。
長次郎は、小柄な身体を蒲団《ふとん》に潜り込ませ、白髪混じりの頭だけを出してい
た。
勘兵衛は、長次郎の口を掌で塞いだ。
長次郎の鼾が止まった。
勘兵衛は、長次郎の口を塞ぎ続けた。
長次郎は、苦しげに首を振って逃れようとした。だが、勘兵衛は許さなかっ
た。
長次郎は、身を震わせて眼を覚ました。
勘兵衛は笑い掛けた。
長次郎は眼を瞠《みは》り、恐怖に激しく震えた。
「相模の長兵衛だな……」
勘兵衛は訊いた。

「ああ……」

長次郎は、呻くように頷いた。

口入屋『巴屋』長次郎は、やはり盗賊の相模の長兵衛だった。

「よし。じゃあ百両、貰おうか……」

「なに……」

「賞金の百両だ……」

勘兵衛は告げた。

「賞金の百両……」

長次郎は戸惑った。

「ああ。百両の賞金を懸けた首が、わざわざ出向いたのだ……」

勘兵衛は笑みを浮かべた。

「じゃあ……」

長次郎は、錏頭巾の男が何者か気付き、血相を変えて凍て付《い》いた。

「眠り猫……」

勘兵衛は笑顔で告げた。

長次郎は、勘兵衛の手を払い退け、蒲団の中に隠し持っていた匕首《あいくち》を突き上げた。

勘兵衛は、咄嗟に仰《の》け反《ぞ》って躱《かわ》した。

長次郎は跳ね起き、匕首を振り廻して逃げようとした。

刹那、勘兵衛は長次郎の匕首を握る手を左手で握り、背後から細い皺《しわ》だらけの首を右腕で絞めた。

長次郎は匕首を落し、息を短く鳴らして眼を剝《む》いた。

「長兵衛、押し込みの先を越されて恨むのは筋違い……」

勘兵衛は、長次郎の首を腕で絞めながら囁いた。

長次郎は、恐怖に顔を醜《みにく》く歪《ゆが》めて踠《もが》いた。

「恨《うら》むなら、己の間抜けさを恨め……」

勘兵衛は、長次郎の首を絞めている右腕に力を籠めた。

鈍い音が短く鳴った。

長次郎は恐怖に眼を剝いて凍て付き、喉を鳴らして項垂《うなだ》れた。

勘兵衛は、右腕に力強く念を入れて解いた。

長次郎は、細く皺だらけの首をへし折られ、蒲団の上に崩れ落ちた。

勘兵衛は、絶命した長次郎を蒲団に寝かせ、その額に眠り猫の千社札を貼った。

執念深い蛇《へび》は頭を断つのが極意……。

勘兵衛は、音もなく座敷から消え去った。


盗賊・眠り猫の首に賞金を懸けた相模の長兵衛は死んだ。

甚八や手代たち一味の盗賊は、頭の長兵衛が眠り猫に殺されたと知って散った。

散った一味の者たちには、米問屋『井筒屋』に手引き役として潜り込んでいたおしまもいた。

眠り猫の首に懸けられた賞金は、長兵衛の死によって有耶無耶《うやむや》になった。そして、江戸の盗賊たちは、眠り猫の恐ろしさを思い知らされた。


寒い冬は続いた。

眠り猫の勘兵衛は、老黒猫と炬燵で丸くなって過ごしていた。

根岸の里、時雨の岡には、遊ぶ子供の楽しげな声は未だない……。

第二話　座敷牢

一

根岸の里は、冬の陽差しに照らされて仄《ほの》かに輝いていた。
時雨《しぐれ》の岡《おか》には遊ぶ子供の声が楽しげに響き、石神井《しやくじい》川《がわ》用水の流れは小さく煌《きら》めいた。
黒猫庵《くろねこあん》の広い縁側《えんがわ》には、冬の弱々しい陽差しが短い日溜りを作っていた。
勘兵衛《かんべえ》と老黒猫は、束《つか》の間《ま》の日溜りを楽しんでいた。
老黒猫が起き上がり、裏木戸を見詰めて鳴いた。
丈吉《じようきち》が来る……。
勘兵衛は、老黒猫の動きを見てそう読んだ。
老黒猫は、おせいや吉五郎《きちごろう》が来ると何故か逸早《いちはや》く姿を隠す。だが、不思議な事に船頭の丈吉だけには姿を見せる。

「旦那……」

船頭の丈吉が、垣根の木戸口に現れた。

「丈吉か。入りな」

勘兵衛は、丈吉を招いた。

「お邪魔します」

丈吉は、木戸から広い縁側にやって来た。

老黒猫は、白髪混じりの尻尾を振って丈吉を迎えた。

「おう。達者だったかい……」

丈吉は、老黒猫を抱き上げて喉《のど》を撫でた。

老黒猫は、嬉しげに喉を鳴らした。

勘兵衛は苦笑した。

「で、丈吉、どうした」

「はい。吉五郎の親方が、宜しければ今宵、桜《さくら》やで鴨鍋《かもなべ》を食べませんかと……」

丈吉は、老黒猫を縁側に降ろして告げた。

「鴨鍋か……」

吉五郎の飯の誘いには、裏に格別な用がある時だけだ……。

「美味《うま》そうだな……」

勘兵衛は、笑みを浮かべて頷《うなず》いた。


大川の流れは月明かりを揺らしていた。

浅草駒形堂裏の小料理屋『桜や』の軒行燈《のきあんどん》には火が灯され、暖簾《のれん》は微風《そよかぜ》に揺れていた。

店内では、大店《おおだな》の番頭や職人の親方たち馴染客《なじみきゃく》が酒と料理を楽しんでいた。

「あがったぜ」

板前の清助《せいすけ》は、笊《ざる》に盛った椎茸《しいたけ》、春菊《しゅんぎく》、葱《ねぎ》、焼豆腐《やきどうふ》の脇に厚く切った鴨肉を乗せ、女将のおみなに差し出した。

「はい。じゃあ……」

女将のおみなは、鴨肉と野菜を盛った笊を手にして座敷に向かった。

鉄鍋に張られた出し汁《だじる》は、美味そうな香りと湯気を漂わせていた。

女将のおみなは、火鉢に掛けた鉄鍋に鴨肉と野菜を入れた。

「おみな、後は引き受けたよ」

「そうですか、じゃあ、お願いします」

おみなは、吉五郎に菜箸《さいばし》を渡し、勘兵衛に会釈をして座敷から出て行った。

勘兵衛は酒を飲んだ。

「旦那、美味い鴨鍋が出来ますよ」

吉五郎は、菜箸を置いて酒を飲んだ。

「うむ。処《ところ》で吉五郎、話とは何だ……」

勘兵衛は、己の猪口《ちょこ》に手酌で酒を満たした。

「そいつなんですがね。二十五歳になる女を一人、盗み出せますかね」

吉五郎は、厳しい面持ちで告げた。

「二十五歳の女を盗み出す……」

勘兵衛は眉をひそめた。

吉五郎は、金でもお宝でもなく、大人の女を盗み出そうと云って来たのだ。

「はい……」

吉五郎は、勘兵衛を見詰めて頷いた。

「何処《どこ》から盗むのだ……」

「旗本のお屋敷から……」

「旗本屋敷……」

二十五歳の女を旗本屋敷から盗み出す……。

勘兵衛は、僅《わず》かに緊張した。

「はい……」

「旗本の石高《こくだか》は……」

屋敷の構えや家来の人数は、石高によって分かる。

「四千石です。今はお役目に就いてはいませんが、元は小普請組《こぶしんぐみ》支配だそうです」

「四千石か……」

四千石取りの旗本家は、千五百坪程の敷地に屋敷があり、家来は八十人程いる筈だ。家来の中には、腕に覚えのある者もいるのに違いない。

そうした旗本屋敷から、二十五歳の女を盗み出す。それは、盗み出すと云うより、拐《かどわ》かしと云える。だが、吉五郎が拐かしではなく盗み出すと云っているのは、おそらく何らかの理由があっての事なのだ。

何《いず》れにしろ危ない仕事だ……。

勘兵衛は苦笑した。

「如何《いかが》ですか……」

吉五郎は、勘兵衛に徳利《とつくり》を差し出した。

勘兵衛は、吉五郎の酌を受けた。

「吉五郎、仔細は鴨鍋を食べてからだ……」

勘兵衛は、鴨肉や野菜を小鉢に取って食べ始めた。

鴨肉の旨味が広がった。

「美味い……」

勘兵衛は、鴨鍋を楽しんだ。


三日前の夜、吉五郎は神田川に架かる昌平橋《しょうへいばし》で幼い男の子を道連れに身投げをしようとしていた浪人に出逢った。

吉五郎は、慌てて身投げを止めた。

三十歳程の浪人は、殴られた痕《あと》のある顔を歪《ゆが》めてすすり泣いた。

五歳程の男の子は、浪人の所々破けた着物の袖を小さな手で心細げに握り締めていた。

父親と幼い倅《せがれ》……。

吉五郎は見定めた。そして、このまま別れれば、浪人は幼い倅を連れて再び身投げをするかもしれない。

吉五郎は恐れた。

とにかく、父親の浪人を落ち着かせなければならない。

吉五郎は辺りを見廻した。

昌平橋の北詰に、未だ明かりを灯した蕎麦屋があった。

吉五郎は、浪人父子を蕎麦屋に伴った。

蕎麦屋の亭主は、吉五郎に渡された一朱金を握り締めて店を閉める時を延ばした。

吉五郎は、浪人父子を伴って小座敷にあがり、酒と子供が食べられる物を作るように頼んだ。

蕎麦屋の亭主は頷いた。

「手前は吉五郎と申します」

「吉五郎さんか、私は御覧の通りの浪人で神尾《かみお》敬一郎《けいいちろう》と申す……」

浪人は名乗り、恥じるように俯《うつむ》いた。

「神尾敬一郎さんですか。で、坊やは何て名前かな……」

吉五郎は、幼い倅に微笑《ほほえ》み掛けた。

「小太郎《こたろう》……」

幼い倅は、神尾の着物の袖を握って恥ずかしそうに答えた。

「そうか、小太郎さんか……」

「うん……」

小太郎は頷いた。

「お待たせしました」

蕎麦屋の亭主が、酒と卵焼きを持って来た。

「これは美味しそうな卵焼きですよ。さあ、小太郎さん……」

吉五郎は、小太郎に箸を取って渡した。

小太郎は、困ったように神崎を見上げた。

「戴《いただ》きなさい……」

神尾は微笑んだ。

「うん」

小太郎は、頷いて卵焼きを食べ始めた。

「美味しい……」

小太郎は、卵焼きを初めて食べたのか、驚いたように神尾を見上げた。

「そうか。良かったな……」

神尾は、眼を潤ませて頷いた。

小太郎は、嬉しげに卵焼きを食べた。

素直な良い子だ……。

吉五郎は微笑み、徳利を神尾に向けた。

「さあ……」

「すまぬ……」

神尾は、吉五郎の酌を受けた。

吉五郎は、手酌で己の猪口に酒を満たした。

「じゃあ……」

吉五郎は、酒を満たした猪口をあげた。

「戴く……」

神尾は酒を呷《あお》った。

訊くしかない……。

吉五郎は酒をすすった。

「神尾さん、小太郎ちゃんを道連れにして何故、身投げなどを……」

「お恥ずかしい話だが、私の妻の由利《ゆり》、小太郎の母が誑《たぶら》かされて連れ去られまして……」

神尾は、恥辱と悔しさに顔を歪めて震えた。

「奥さまが誑かされて連れ去られた……」

吉五郎は驚いた。

「はい。それで、妻を返せと云いに行ったのですが、返して貰えず。そして、今日は理不尽にも殴る蹴るの狼藉《ろうぜき》を受けて……」

神尾は涙を零《こぼ》した。

小太郎は、箸を握り締めてすすり泣いた。

「それで身投げを……」

吉五郎は眉をひそめた。

「己の情けなさに思わず……」

神尾は項垂《うなだ》れた。

「それにしても、幼い小太郎さんを道連れにするのは感心しませんね」

「仰る《おっしゃ》通りです」

神尾は頷いた。

どうやら落ち着いた……。

吉五郎は、神尾の様子を見定めた。

「さあ……」

吉五郎は、神尾に酒を勧めた。

「はい……」

神尾は酒を飲んだ。

「処《ところ》で奥さまは、何処《どこ》の誰にどうして連れ去られたのですか……」

吉五郎は、手酌で酒を飲みながら尋ねた。

「それは……」

神尾は迷いを浮かべた。

「神尾さん、手前は骨董《こっとう》を商っており、それなりに世間が広うございます。今後、万が一、神尾さまの身に何かあった時、小太郎さんのお役に立てるかもしれません」

吉五郎は、神尾を見詰めて告げた。

「吉五郎さん……」

神尾は、吉五郎に一番の懸念を衝《つ》かれて微かに狼狽《うろた》えた。

「宜しければ、仔細をお話し下さい」

吉五郎は畳み掛けた。

神尾は、吐息を洩《も》らした。

「吉五郎さん、私はかつて関口主水正《せきぐちもんどのしょう》さまと申される旗本の家臣でした。そして五年前、許嫁《いいなずけ》だった由利を娶《めと》りました。ですが、関口さまは、由利を側女《そばめ》に出せと仰せになり……」

「側女に……」

吉五郎は戸惑った。

「はい。勿論《もちろん》、私は断りました。ですが、関口さまはしつこく……」

「それで、由利さまを連れて関口家を出られたのですか……」

「はい。逃げるように……」

神尾は、関口家を致仕《ちし》して浪人した。

「そして、小太郎が生まれ、親子三人、貧乏でも穏やかな日々を送っていました。ですが五日前、私が留守の時、関口家用人の橋本内蔵助《はしもとくらのすけ》さまがお見えになり、関口家を逃げ出した時、残して行った我が両親の遺品を直《す》ぐに引き取れと……」

「それで、由利さまは関口家に行かれたのですか……」

「はい。ですが、由利はそれ切り……」

「戻りませんか……」

「私は驚き、慌てて関口屋敷に駆け付けました。ですが、由利は既に我が両親の遺品を持って帰ったと云うばかりで……」

「理不尽にも由利さまを返しませんか……」

吉五郎は、微かな怒りを過《よ》ぎらせた。

「はい。そして今日、由利に逢いたがる小太郎を伴って行ったのですが……」

「関口家は、由利さまを返す処《どころ》か、殴る蹴るの乱暴を……」

「はい。無念です……」

神尾は、悔しさと怒り、そして哀しさに塗《まみ》れていた。

小太郎は、そんな父親を不安げに見上げていた。

吉五郎は、神尾父子を哀れみ、旗本の関口主水正に怒りを覚えた。

「奥さまを誑かして連れ去ったのは、旗本の関口主水正さまの差し金ですか……」

吉五郎は念を押した。

「はい。由利はどうしているのか……」

「分かりました。私がちょいと調べてみましょう」

「吉五郎さん……」

神尾は戸惑った。

「まあ。お任せ下さい」

吉五郎は、神尾に酌をして手酌で酒を飲んだ。

鴨鍋は美味かった。

勘兵衛は、鴨鍋を食べ終えて酒を飲んだ。

「理不尽な話だな……」

勘兵衛は、怒りを滲ませて猪口の酒を飲み干した。

「はい。酷すぎますよ……」

吉五郎は、悔しさを露わにした。

「それで、関口屋敷は何処にあるのだ」

勘兵衛は、吉五郎が既に関口主水正について探りを入れていると読んだ。

「駿河台《するがだい》は淡路坂《あわじざか》をあがった処にある太田姫稲荷《おおたひめいなり》の前です」

「太田姫稲荷の前か……」

「はい……」

「で、関口家、どのような家中なのだ……」

「殿さまの関口主水正、小普請組支配のお役目に就いていた時、賄賂《まいない》や付届《つけとど》けで配下の者に役目を与えていたらしく、評判は良くありませんでしてね。御屋敷出入りの商人たちも用人や勘定方に賄賂を要求されるとか……」

吉五郎は苦笑した。

「主が主なら家来も家来か……」

「はい。ま、そんなこんなで金に煩《うるさ》く汚い家風と云いますか……」

吉五郎は、勘兵衛の読みの通り、既に関口屋敷に探りを入れ始めていた。

「で、神尾の妻の由利は……」

勘兵衛は、厳しさを過ぎらせた。

「中間《ちゅうげん》に金を握らせて聞いたのですが、由利さんは殿さまの慰《なぐさ》みものになるぐらいなら舌を噛《か》んで死ぬと云い、座敷牢に閉じ込められているとか……」

「座敷牢……」

勘兵衛は眉をひそめた。

「はい……」

吉五郎は頷いた。

「座敷牢、屋敷の何処にあるのだ……」

「そいつは未だ……」

吉五郎は首を横に振った。

「分からぬか……」

「それで神尾さんに訊いたのですが、神尾さんが関口家家中にいた頃、屋敷に座敷牢はなかったと……」

「そうか……」

「ですが、必ず突き止めます……」

「そして、座敷牢に囚《とら》われている由利を盗み出すか……」

「出来るものなら……」

吉五郎は、勘兵衛を見詰めて頷いた。

「吉五郎、そいつは神尾親子を哀れんでの事か……」

「甘いかもしれませんが……」

吉五郎は頷いた。

「甘くても良いじゃあないか、ついでに理不尽な関口主水正を叩きのめせれば……」

勘兵衛は告げた。

「お頭……」

吉五郎は身を乗り出した。

「四千石の旗本屋敷の座敷牢を破るのも面白いな……」

勘兵衛は不敵に笑った。


神田川の流れは、冬の陽差しに鈍色《にびいろ》に輝いていた。

太田姫稲荷は昌平橋の南詰にある淡路坂をあがった処にあり、その前に連なる旗本屋敷の中に関口屋敷はあった。

勘兵衛は、塗笠《ぬりがさ》をあげて関口屋敷を見上げた。

表門を閉じた関口屋敷は、冬の陰鬱《いんうつ》さに覆われて静まり返っていた。

この屋敷の何処かに座敷牢があり、神尾敬一郎の妻で小太郎の母親である由利が囚われている。

勘兵衛は、関口屋敷の様子を窺《うかが》った。

表門の内に人の気配がした。

勘兵衛は、表門の門扉に身を寄せて屋敷内に探りを入れた。

表門脇の潜り戸が開いた。

勘兵衛は、咄嗟《とっさ》に表門を離れて淡路坂に戻った。

「待て……」

潜り戸から出て来た二人の家来が、淡路坂に去って行く勘兵衛を見咎《みとが》めた。

勘兵衛は、二人の家来の呼び掛けを無視して淡路坂に進んだ。

「おい。待つんだ……」

二人の家来は、勘兵衛を追った。

勘兵衛は振り返って嘲《あざわら》笑い、誘うように足取りを速めた。

「おのれ、胡乱《うろん》な奴……」

二人の家来は、勘兵衛を追い掛けた。

神田《かんだ》八ッ小路《やこうじ》には寒風が吹き抜け、行き交う人も少なかった。

勘兵衛は淡路坂を下り、八ッ小路から神田川に架かる昌平橋に進んだ。

「待て……」

二人の家来は、勘兵衛に追い縋《すが》って立ち塞がった。

勘兵衛は立ち止まった。

「私に何か用か……」

「何故、屋敷を窺っていた」

「金に汚いと名高い奴の屋敷がどんなものか、見物していただけだ」

勘兵衛は嘯《うそぶ》いた。

「おのれ、無礼な……」

「貴様、何者だ」

二人の家来は熱《いき》り立った。

「名乗る程の者ではない……」

勘兵衛は嘲笑った。

「おのれ……」

家来の一人が、勘兵衛に摑み掛かった。

勘兵衛は、その手を摑んで素早く投げを打った。

家来の一人は、大きな弧を描いて地面に叩き付けられた。

土埃《つちぼこり》が舞い上がり、家来は悶絶《もんぜつ》した。

残る家来が、慌てて刀を抜こうとした。

「昼日中の町中で刀を抜けば、咎めはおぬしだけではなく主家にも及ぶ。それでも良いか」

勘兵衛は機先を制した。

家来は怯《ひる》んだ。

刹那《せつな》、勘兵衛は残る家来の懐《ふところ》に入り、鳩尾《みぞおち》に拳を鋭く放った。

残る家来は当て落され、気を失って崩れた。

勘兵衛は、崩れる家来を担ぎ上げた。

二

勘兵衛は、当て落した家来を担いで昌平橋の下の船着場に降りた。

船着場には、丈吉が屋根船で待っていた。

勘兵衛は、当て落した家来を屋根船の障子の内に運び込んだ。

丈吉は見定め、屋根船を神田川の流れに乗せた。

屋根船は神田川を下り、大川に向かった。

向島《むこうじま》の水神のある岸辺の枯れ草は、大川を吹き抜けた冷たい川風に揺れていた。

丈吉は、屋根船を岸辺に舫《もや》って水神に急いだ。

水神の前では、勘兵衛が当て落した家来の頭と顔を、脱がせた羽織で包み込んでいた。

丈吉は見守った。

勘兵衛は冷笑を浮かべ、気を失っている家来に活《かつ》を入れた。

家来は、苦しげに呻《うめ》いて気を取り戻した。そして、己の頭と顔が羽織で包まれているのに気付き、慌てて取ろうとした。

刹那、勘兵衛は羽織に包まれた家来の頬を平手打ちにした。

家来は、不意の平手打ちに驚きの声を短くあげて倒れた。

「大人しくしろ……」

勘兵衛は、押し殺した声で凄んだ。

家来は、思わず身を縮めた。

眼隠しをされ、見えない相手が何をするか分からない状態は恐怖を募《つの》らせる。

「関口屋敷に無事に帰りたければ、正直に名を云うんだな……」

「も、森下孝之助《もりしたこうのすけ》……」

家来は、恐怖に声を引き攣らせた。

「森下孝之助か……」

勘兵衛は嘲りを滲ませた。

「お、俺に何の用だ……」

「森下、関口屋敷の座敷牢は何処にある……」

「座敷牢……」

「ああ。正直に答えなければ、死体となって大川から江戸湊《えどみなと》に流れ、魚の餌《えさ》になる……」

勘兵衛は脅した。

森下は、恐怖に震えた。

「関口屋敷の座敷牢は何処だ……」

「表御殿の北側の奥……」

森下は、嗄《しやが》れ声を震わせた。

大身旗本の屋敷は、政務を取扱う表御殿と主たち家族の暮らす奥御殿がある。

森下は、関口屋敷の座敷牢がその表御殿の北側にあると吐いた。

「表御殿の北側の奥だな……」

勘兵衛は、厳しい声音で念を押した。

「そ、そうだ」

森下は、羽織で包まれた顔を思わず背《そむ》けた。

嘘だ……。

森下は、念を押されて浮かんだ動揺を隠そうと、羽織に包まれているのを忘れて思わず顔を背けたのだ。

勘兵衛は見抜き、苦笑した。そして、森下の脇差《わきざし》を抜き取った。

森下は、恐怖に凍て付いた。

勘兵衛は、森下のはだけた胸元を脇差で薄く斬り下げた。

森下は、悲鳴をあげて踠《もが》いた。

胸元に糸のような細い血が浮かんだ。

「どうやら死にたいようだな……」

勘兵衛は嘲笑した。

「南だ。表御殿の南側の奥だ……」

森下は激しく震えた。

「間違いないな……」

「ない。本当だ。信じてくれ……」

森下は必死に訴えた。

座敷牢は、どうやら表御殿の南側の奥に間違いない……。

勘兵衛は見定めた。

「ならば森下、座敷牢の警固はどうなっている……」

「警固……」

「そうだ。警固だ……」

「見張りや見廻りはいる筈だが、俺は勘定方だ。警固の詳しい事は知らぬ……」

森下は、懸命に訴えた。

「ならば探れ……」

勘兵衛は命じた。

「さ、探る……」

森下は戸惑った。

「そうだ。座敷牢の見張りや見廻りの様子をな……」

「そ、そんな……」

森下は、激しく狼狽した。

「森下、余計な真似をすれば命は貰う。関口屋敷に隠れても、何処に逃げても、必ずな……」

勘兵衛は、冷酷に畳み掛けた。

次の瞬間、森下に満ち溢れていた恐怖が弾けた。

森下は、獣のような唸《うな》り声をあげ、刀を抜いて振り廻した。

勘兵衛は跳《と》び退《の》いた。

森下は、刀を振り廻しながら頭と顔を包んでいる羽織を毟《むし》り取った。

勘兵衛は苦笑した。

丈吉は、素早く木立の陰に身を隠した。

「女か、座敷牢に囚われている女を助けるつもりなのか……」

森下は、切っ先が小刻みに震える刀を構え、血走った眼で勘兵衛を見詰めて喚《わめ》いた。

「森下、余計な真似をしたな……」

勘兵衛は、笑みを消した冷徹な眼で森下を見据えた。

「黙れ……」

森下は、猛然と勘兵衛に斬り掛かった。

勘兵衛は、踏み込みながら身を沈め、抜き打ちの一閃を放った。

血が枯れ草に飛んだ。

森下は脾腹《ひばら》を斬られ、血を振り撒きながら倒れた。

勘兵衛は、森下の死を見定めて刀に拭いを掛けた。

「お頭……」

丈吉が駆け寄った。

「無駄な真似をしたかもしれぬな……」

勘兵衛は、厳しさを過《よ》ぎらせた。

妻恋坂《つまごいざか》は、神田川に架かる昌平橋から不忍池を結ぶ明神下の通りの途中にある。

その妻恋坂を上がった処に妻恋稲荷《いなり》はあった。

浪人の神尾敬一郎が妻の由利と一子・小太郎と暮らしている稲荷長屋は、妻恋稲荷の裏手にある町の片隅にあった。

吉五郎は、神尾と小太郎の暮らしを窺った。

神尾は、石馬と呼ばれる作業台で黄楊櫛《つげぐし》を作り、小太郎は傍らで手習いをしていた。

黄楊櫛……。

神尾敬一郎は、黄楊櫛作りで親子三人の暮らしを立てていた。そして、貧乏ながらも仲良く穏やかな毎日を過していた。

吉五郎は知った。

浅草駒形堂裏の小料理屋『桜や』は、女将のおみなが店先の掃除に忙しかった。

勘兵衛と丈吉は、小料理屋『桜や』の隣りの仕舞屋《しもたや》に戻った。

仕舞屋は盗賊の眠り猫一味の持ち物であり、普段は丈吉が暮らしている。

鉄瓶は、長火鉢の上で湯気を漂わせていた。

仕舞屋の居間には、吉五郎と上野元黒門町の口入屋『恵比寿屋《えびすや》』の女将のおせいがいた。

「お帰りなさい……」

吉五郎とおせいは、勘兵衛と丈吉を迎えた。

「うむ……」

「如何《いかが》でした……」

吉五郎は、鉄瓶の湯で茶を淹れながら勘兵衛に尋ねた。

「うむ。関口屋敷の座敷牢、表御殿の南側の奥にあるらしいが、見定める必要がある」

勘兵衛は、厳しい面持ちで告げた。

「がせかもしれませんか……」

吉五郎は眉をひそめ、勘兵衛と丈吉に茶を淹れて差し出した。

「こいつは畏れいります」

丈吉は礼を述べた。

「うむ。で、おせい。仕事はあったか……」

「はい。神田明神下の口入屋が出入りを許されていましてね。関口屋敷は今、住み込みの下男を捜していますよ」

おせいは、関口屋敷に出入りをしている口入屋を見付け出し、下男を捜しているのを突き止めた。

「その住み込みの下男に、丈吉を潜り込ませる事は出来るか……」

「そりゃあもう……」

おせいは、笑みを浮かべて頷いた。

「よし。じゃあ丈吉……」

「心得ました。森下の野郎の云った事がどれだけ本当か探ってみます」

丈吉は頷いた。

「頼む。それで吉五郎、神尾敬一郎はどうしているのだ」

「長屋で黄楊櫛を作っていますよ」

「黄楊櫛……」

勘兵衛は戸惑った。

「ええ。最初は内職でやっていたそうですが、職人顔負けの良い腕でしてね。今じゃあ櫛問屋に注文され、親子三人の暮らしを支えているとか……」

「そいつは凄いな……」

勘兵衛は感心した。

神尾敬一郎は、既に武士の身分を棄てて生きていこうとしているのかもしれない。

「はい。そして親子三人、長屋の人たちとも仲良く穏やかに暮らしていたっての に……」

吉五郎は、関口主水正に対する怒りを募らせた。

「苛立つな吉五郎。先ずは座敷牢の場所と警固のありよう。関口主水正に思い知らせるのは、由利を盗み出してからだ」

「はい……」

吉五郎は頷いた。

「それにしてもお頭、旗本屋敷の座敷牢から人一人盗み出すなんて、面白いですねえ」

おせいは笑った。

「ああ。私も初めてだ……」

勘兵衛は不敵に笑った。

障子は夕暮れ色に染まり始めた。

関口屋敷は静けさに覆われていた。

丈吉は、口入屋の周旋状《しゅうせんじょう》を携えて関口屋敷の裏門を訪れた。

小者頭の島村平内《しまむらへいない》は、小柄な肥《ふと》った男だった。

丈吉は、島村に口入屋の周旋状を差し出した。島村は、肉付きの良い手で周旋状を開いて読んだ。

「名は丈八《じょうはち》。歳は二十四か……」

島村は周旋状から眼をあげ、丈吉に尋ねた。

「はい……」

丈吉は、偽名を呼ばれて言葉少なく応じた。

「口は固そうだな」

「えっ……」

丈吉は戸惑った。

「いや。武家の屋敷にはいろいろ口外してはならぬ事が多い。何事も……」

島村は、両手で己の眼、耳、口を覆って見せた。

「これだ。分かるな……」

島村は、見ざる聞かざる言わざるの恰好をして丈吉に笑い掛けた。

「承知しております」

丈吉は頷いた。

「よし。ならば今日から働いて貰う。茂助《もすけ》、引き廻してやりな」

「へい……」

島村は、傍らに控えていた古手の下男の茂助に丈吉を預けて立ち去った。

「こっちだよ」

茂助は、丈吉を裏門小屋から西側にある厩《うまや》と作事小屋の傍の長屋の一室に誘った。

「今日からここが塒《ねぐら》だ。相部屋の者は俺を入れて三人だ」

「はい。お引き廻しの程、宜しくお願いします」

丈吉は、丈八と云う偽名を遣い、下男として関口屋敷に潜り込んだ。

勘兵衛と吉五郎は、関口主水正の人柄や評判、家風や家来たちの様子を探った。

主の関口主水正は、噂通り色と欲に執着する男であり、用人の橋本内蔵助を始めとした家来たちも同様と云えた。

吉五郎は、関口屋敷に出入りを許されている貸本屋に金を握らせ、神田八ッ小路の蕎麦屋に連れ込んだ。


吉五郎と貸本屋は、衝立《ついたて》で仕切られた入れ込みにあがった。

「美味い……」

貸本屋は、蕎麦を肴に酒を飲み、嬉しげに笑った。

「そうかい。そいつは良かった」

吉五郎は、笑みを浮かべて貸本屋の猪口に酒を満たした。

「こいつは忝《かたじけ》ねえ。親方、あっしの知っている事なら何でも話しますよ」

「そいつはありがたい。で、関口屋敷の家風や家来、どんな風なんだい……」

「そいつが、殿さまと用人が欲惚《よくぼ》けですからね。家来たちも何かと云うと袖の下を寄越せですよ」

「お前さんにもかい……」

「ええ。あっしたちのような小商いの者にも容赦はありませんよ」

貸本屋は、多くの本を大きな風呂敷に包んで担いで得意先を訪れ、一巻十六文から二十四文ほどの見料で貸す商いだ。その得意先は、屋敷の奥向きや遊女屋などとされていた。

「酷いな……」

吉五郎は呆れた。

「ですから、関口家の家来衆は、番方《ばんかた》よりも役方《やくかた》の勘定方や御納戸方《おなんどかた》なんかの商人と拘《かか》わる役目を望む者が多いそうですよ」

貸本屋は、関口屋敷の家来たちを蔑《さげす》むように酒を飲んだ。

「へえ、出入りの商人と拘わる役目を望む家来たちか……」

「ええ……」

貸本屋は頷いた。

「じゃあ、関口家の家風は余り厳しくないのかな」

「まあ。厳しくないと云うより、締まりがなくてせこいって処《ところ》ですか……」

貸本屋は苦笑した。

「そうかい。処で関口屋敷には座敷牢があるって聞いたが、知っているかな」

「座敷牢ですか……」

貸本屋は眉をひそめた。

「さあ、聞いた覚えはありませんが……」

「知らないか……」

「へい。でも、そう云えば、若い家来が台所に手つかずの飯を持って来て、又食わなかったと腹立たしげに云っていましたけど、何か拘わりがあるのかな……」

貸本屋は首を捻《ひね》った。

「又食わなかった……」

吉五郎は引っ掛かった。

「ええ。手つかずの飯を持って来た若い家来がそう……」

「そうか……」

おそらく若い家来は、座敷牢にいる由利に食事を運んだ。だが、由利は飯を食べず、関口主水正の非道さに抗議をしているのだ。

吉五郎は読んだ。

「その若い家来、何て名か分かるかな……」

「確か柏木《かしわぎ》とか云ったと思いますが……」

「うん……」

「下は……」

「そいつは……」

貸本屋は、申し訳なさそうに首を横に振った。

「分かるのは、苗字の柏木だけか……」

「はい……」

貸本屋は頷いた。

「そうか。造作を掛けたね」

吉五郎は礼を述べた。

「いえ。親方のお役に立てたかどうか……」

「いや。助かったよ。又、呼び止めるかもしれないが、その時も宜しく頼むよ」

「そりゃあもう、いつでも声を掛けて下さい。じゃあ、御免なすって……」

貸本屋は貸本を包んだ大きな風呂敷包みを担ぎ、蕎麦屋から出て行った。

吉五郎は見送り、衝立で仕切られた隣りの席に移った。

衝立で仕切られた隣りの席では、勘兵衛が酒を飲んでいた。

「酷い家風の旗本家だな……」

勘兵衛は苦笑した。

「ええ。それから由利さん、飯も食わずにいるようですね」

吉五郎は、己の睨みを告げた。

「ああ。死ぬ覚悟は出来ているようだ」

勘兵衛は、吉五郎の睨みに頷いた。

「はい……」

「先ずは、若い家来の柏木だな……」

勘兵衛は、厳しい面持ちで告げた。


関口屋敷は、薄暗く風通しが悪かった。

薄暗く風通しが悪いのは、季節が冬だからだけではない。

関口家の家風がそうしているのだ。

丈吉は、屋敷内の掃除をしながら座敷牢の場所を割り出そうとした。だが、表と奥の御殿は内塀に囲まれており、新参の下男の丈吉に出入りが許される処ではない。

丈吉は、内塀の向こうの御殿を眺めて吐息を洩らした。

申《さる》の刻七つ（午後四時）を告げる鐘の音が、遠くから微かに聞こえた。

丈吉は、厩と作事小屋の裏に進み、赤みを帯びた卵程の大きさの石を土塀の外に投げた。

勘兵衛と吉五郎は、関口屋敷の両横手と裏の土塀沿いを進んだ。

卵程の大きさの赤みを帯びた石が、西の土塀沿いの道に落ちていた。

「吉五郎……」

勘兵衛は、赤みを帯びた石を拾った。

「ありましたか……」

「うん。赤い石だ……」

勘兵衛は、土塀の内を眺めた。

土塀の内には、厩の屋根が見え、馬の嘶《いなな》きが聞こえた。

「厩か……」

「ええ。丈吉は厩の傍の下男の長屋ですね」

吉五郎は睨んだ。

「うむ……」

勘兵衛は、懐から拳大の平たい石を出した。

平たい石には、墨で何かの絵が描かれていた。

勘兵衛は、平たい石に土を擦り付け、土塀の内に人の気配がないのを見定めて投げ込んだ。

平たい石は、土塀の向こうで微かな音を鳴らした。

丈吉は、赤みを帯びた石に対する繋ぎがあるかどうか、夜になる前に見に来る筈だ。

裏門から人の声が聞こえた。

「お頭……」

「うむ……」

勘兵衛と吉五郎は、素早く関口屋敷から離れた。

三

日暮れが近付いた。

丈吉は、下男の雑用の合間に厩と作事小屋の裏手に現れ、辺りに赤い石に対する繋ぎを探した。そして、平たい石を見付け、擦り付けられた土を落して夕陽に翳した。

平たい石には、墨で柏の葉と木の絵が描かれていた。

判《はん》じ絵《え》だ。

勘兵衛は、平たい石が丈吉以外の者に見付けられるのを警戒していた。

〝柏の葉〟と〝木〟の絵……。

人の名前だ。

丈吉は想いを巡らせた。

「柏木……」

勘兵衛は、〝柏木〟と云う名の者が座敷牢に拘わっていると報せて来たのだ。

丈吉は睨んだ。そして、平たい石に描かれた柏の葉と木の絵に再び土を擦り付け、土塀の外に投げ返した。

それは、丈吉が繋ぎを知ったと云う合図でもあった。

丈吉は、厩と作事小屋の傍にある下男の長屋に急いだ。

関口屋敷は夕闇に覆われた。

丈吉たち下男は、侍長屋に暮らしている若い家来たちの夕食の給仕をした。

若い家来たちの間には、微かな緊張が漂っていた。

微かな緊張は、勘定方の家来の一人が昨日出掛けたまま屋敷に戻らない事にあった。

丈吉は、戻らない勘定方の家来が森下孝之助の事だと気付いた。

関口屋敷の家来たちは、森下孝之助が戻って来ないのに疑念を抱き始めたのだ。

丈吉は、腹の中で苦笑した。そして、若い家来たちの中に〝柏木〟と云う名の者を捜した。

行燈の明かりは、仄かに辺りを照らしていた。

勘兵衛は、由利を座敷牢から助け出した後、屋敷から連れ出す手立てを思案した。

素人《しろうと》、それも女を連れての脱出は容易なものではない。

押し込みは、忍び込む時より退き際が肝要なのだ。

さあて、どうする……。

勘兵衛は、関口屋敷の表門や裏門、土蔵や厩など、外から見て分かる建物を描き込んだ粗い絵図を見詰めた。

行燈の明かりは微かに揺れた。

駿河台の旗本屋敷街の朝は早い。

中間や下男たちは、表門を掃除をして出仕する主を見送る。

関口屋敷の家来や奉公人たちは、主の関口主水正が無役で出仕はしないだけ忙しくはないが、緊張を強いられた。

丈吉たち下男は、屋敷内外の掃除や家来たちの朝飯の世話に追われた。

丈吉は、台所の片隅で使い終わった茶碗や皿の片付けをしていた。


台所女中が、丼に半分程の飯と汁、大根の煮物と香の物の膳を用意していた。

丼に半分の飯は、女用の膳なのかもしれない……。

丈吉は睨んだ。

「そいつは何方《どなた》さまの膳ですかい。良かったらあっしが運びますよ」

丈吉は、台所女中に声を掛けた。

「ああ。これは柏木さまの扱いだよ」

台所女中は、仕事の手を止めずに告げた。

「柏木さま……」

丈吉は、思わず大声をあげそうになった。

〝柏木さま〟とは、勘兵衛の石に描かれていた判じ絵の〝柏木〟であり、座敷牢に拘わりのある家来だ。

仕度された膳が柏木の扱いだとなると、座敷牢にいる由利の為のものなのかもしれない。

丈吉は読んだ。

待つしかない……。

丈吉は、台所の雑用をしながら柏木の現れるのを待った。

僅かな時が過ぎ、台所の勝手口から若い家来が入って来た。

「おてる、この膳か……」

若い家来は、台所女中に尋ねた。

「あっ。左様《さよう》にございます、柏木さま……」

台所女中は、丼飯が半分の膳を柏木と呼んだ若い家来に示した。

柏木だ……。

丈吉は、柏木を見知った。

「どうせ、食べないだろうが……」

柏木は苦笑した。

由利は、座敷牢に閉じ込められてから食事を断っている。

やはり、丼飯が半分の膳は、由利に仕度されたものなのだ。

丈吉は見極めた。

柏木は、朝飯の膳を座敷牢の由利の許に持って行く。

丈吉は睨み、何気ない様子で台所を出た。

柏木は、丼飯が半分の膳を持って台所の勝手口に向かった。


膳を持った柏木は、台所の勝手口を出て西側の内塀の木戸を潜り、奥御殿に入った。

物陰から現れた丈吉は、辺りに人目がないのを見定め、柏木を追って西側の内塀の木戸を潜った。

膳を持った柏木が、表御殿と西側の内塀の間の路地を南に進んで行くのが見えた。

丈吉は、表御殿の縁の下に潜り込んで追った。

柏木は、路地を南に進んで突き当たりの出入口から表御殿の中に入った。

丈吉は、縁の下から辺りを窺った。

そこは表御殿の南の端だった。

座敷牢は、表御殿の南西の角の何処かにあるのだ。

丈吉は、柏木の入った出入口から忍び込もうと考えた。だが、闇雲に忍び込むのは、余りにも危険過ぎる。

丈吉は思い止まった。

今は此迄《これまで》だ……。

丈吉は、表御殿の縁の下を伝って素早く台所に戻った。


神田佐久間町《さくまちょう》二丁目に大工『大仙《だいせん》』はあった。

吉五郎は、神尾敬一郎を訪れて関口屋敷に出入りをしている大工が何処の誰か調べた。

大工『大仙』……。

神尾が知っている関口屋敷出入りの大工は、神田佐久間町二丁目の大工『大仙』だった。

吉五郎は、神田佐久間町二丁目界隈に大工『大仙』の評判を調べた。

大工『大仙』は、老棟梁《とうりよう》の仙五郎《せんごろう》が十人程の弟子を抱え、幾つかの普請場《ふしんば》を請負っていた。そして、仕事は丁寧で早く、出来上がった後の不都合にも快く対応してくれると評判は良かった。

老棟梁の仙五郎は、腕の良い大工だが職人気質《かたぎ》の頑固者として名高かった。

吉五郎は、仙五郎に逢って座敷牢が屋敷の何処に造られたか探りを入れる事にした。

「ほう。隠居所ですか……」

仙五郎は微笑んだ。

吉五郎は、お店の隠居を装い、隠居所を新築する話を仙五郎に持ち込んだ。

「ええ。それで誰に頼もうか迷ったのですが、仙五郎さんがお旗本の関口さまの御屋敷にお出入りしていると聞きましてね……」

「御隠居さん、関口さまのお知り合いですかい……」

仙五郎は不意に微笑みを消し、固い面持ちになった。

「えっ。まあ……」

吉五郎は、戸惑いながら言葉を濁した。

「だったら、帰ってくんな」

仙五郎は、白髪眉《しらがまゆ》を怒らせた。

「仙五郎さん……」

吉五郎は、仙五郎の思わぬ出方に驚いた。

「御隠居さん、あっしは関口の殿さまや用人の橋本さまとは、どうしても反《そ》りが合わなくてね。とっくにお出入りを返上してんですぜ」

「じゃあ、もう関口屋敷の普請には……」

「五年も前から拘わりありませんよ」

仙五郎は吐き棄てた。

「座敷牢も……」

「座敷牢……」

仙五郎は、白髪眉をひそめた。

「ええ。最近、表御殿の奥に……」

「そんな仕事、しちゃあおりませんぜ。さあ、お帰り下さい」

仙五郎は、けんもほろろの剣幕《けんまく》で吉五郎を追い立てた。

「そいつは失礼しました……」

吉五郎は、引き下がるしかなかった。

神田八ツ小路の蕎麦屋に客は少なかった。

勘兵衛と吉五郎は、入れ込みで温かい蕎麦をすすった。

「そいつは思惑違いだったな……」

勘兵衛は笑った。

「ええ。仙五郎と関口たちの間に何があったか知りませんがね」

吉五郎は苦笑した。

「大工の仙五郎、おそらく関口や用人の橋本の賄賂好きにうんざりしたのだろう」

勘兵衛は、仙五郎の腹の内を読んだ。

「ま、まともな者なら付き合いたくない相手ですからねえ」

吉五郎は頷いた。

「うむ。いずれにしろ座敷牢を造った大工が何処の誰かは分からぬか……」

「はい……」

「残るは丈吉の探索を待つしかないか……」

「丈吉、お頭の繋ぎに気付いたんですかね」

吉五郎は心配した。

「ああ。石が投げ返されていた。今頃は柏木と申す家来を捜しているだろう」

勘兵衛は告げた。

「ええ。で、由利さんを連れての退き方、良い手がありましたか……」

「未だだ。それより吉五郎、気になるのは由利を盗み出した後だ……」

勘兵衛は眉をひそめた。

「関口たちが追いますか……」

「おそらくな……」

「でしたら手は二つ。一つは神尾さんたちと一緒に関口たちの眼の届かない江戸の外に逃がす。もう一つは……」

吉五郎は、勘兵衛を見詰めた。

「関口主水正を斬るか……」

勘兵衛は、厳しい眼差しで吉五郎を見返した。

「はい……」

吉五郎は頷いた。

「禍《わざわい》から逃げ廻るより、根元を断つか……」

勘兵衛は、冷徹に云い放った。

関口屋敷に緊張が漲《みなぎ》った。

姿を消していた家来の森下孝之助の斬殺死体が、向島の水神近くの岸辺で見付けられたのだ。

用人の橋本内蔵助は、死体引き取りの人数を向島に走らせ、家来の小嶋辰之進《こじまたつのしん》を用部屋に呼んだ。

小嶋辰之進は、森下が行方知れずになった時、一緒にいた勘定方の家来だった。

「小嶋、森下が向島で斬殺されていたのを聞いたな」

橋本は、小嶋を厳しく見据えた。

「は、はい……」

小嶋は微かに怯えた。

「その方、森下が姿を消した日、共に出掛けて昌平橋で別れたと申していたな」

「はい……」

あの日、森下孝之助と小嶋辰之進は非番であり、岡場所に行こうと示し合わせて関口屋敷を出た。そして、関口屋敷を窺っていた塗笠を被った侍を見咎めて追った。だが、小嶋は塗笠を被った侍に地面に叩き付けられて気を失い、森下はその間に姿を消していたのだ。

小嶋は、無様に気を失ったのを恥じ、面倒に巻き込まれるのを恐れ、森下と昌平橋で別れたと惚《とぼ》けていたのだ。

「相違あるまいな……」

橋本は、険しい眼で小嶋を見据えた。

「はい。相違ございませぬ」

小嶋は、湧き上がる怯えを隠して惚けた。

嘘をついているのが露見すれば、厳しいお咎めを受けるのは必定だ。

最早、隠し通すしかない……。

小嶋は惚けた。

「ならば、森下はその方と別れて何処に行ったのか、心当たりはないのか……」

「は、はい……」

小嶋は必死に隠した。

丈吉は、関口屋敷の緊張の理由を知った。

森下の死体が漸《ようや》く見付かった……。

中間や下男たちは、眉をひそめて囁き合った。そして、丈吉は森下と一緒にいた家来が小嶋辰之進と云う名の家来だと知った。

中間や下男たちの囁きには、塗笠を被った着流しの侍の事は毛筋程も出てこなかった。

小嶋は隠している……。

丈吉は、小嶋が塗笠を被った着流しの侍の事を隠していると睨んだ。

使えるかもしれない……。

丈吉は、小嶋が隠している事を弱味として握った。

表御殿の南西の奥……。

丈吉は、一刻も早く座敷牢が何処か突き止め、由利の無事を確かめたかった。

「丈吉、屋敷の周りを掃除してきな」

下男の茂助は、丈吉に命じた。

「へい……」

丈吉は、箒《ほうき》と塵取《ちりと》りなどを持って裏門を出た。そして、裏門のある東側の土塀沿いの道を掃除しながら表門に進んだ。

関口屋敷の表門は北側にあり、淡路坂をあがった道を挟んで太田姫稲荷が見えた。そして、太田姫稲荷の向こうには神田川が流れている。

丈吉は、表門前を掃除しを終えて西側の道を南の奥に進んだ。

関口屋敷の西側は、土塀ではなく侍長屋がその代わりをしており、武者窓が並んでいた。

その侍長屋の向こうに内塀があって表御殿がある。

丈吉は、侍長屋沿いの道の掃除をしながら南に進み、中程で掃除の手を止めて辺りを見廻した。

表御殿の大屋根が、侍長屋の向こうに見えた。

大屋根の下の何処かに座敷牢はある。

西側の道から侍長屋と内塀を越えて表御殿に忍び込む……。

決して難しい忍び込みではない。

丈吉がそう見定めた時、道の奥に勘兵衛が現れた。

お頭……。

丈吉は、掃除をしながら勘兵衛に近付いた。

「どうだ……」

勘兵衛は、塗笠を目深《まぶか》に被ったまま囁いた。

「座敷牢は表御殿の南の奥の西側……」

丈吉は、掃除をしながら囁き返した。

勘兵衛は、侍長屋の向こうに見える表御殿の大屋根を一瞥した。

「うむ。で、屋敷の様子は……」

「森下の死体が見付かりました……」

「そうか……」

勘兵衛は小さく笑った。

「それで……」

丈吉は、森下と一緒にいた小嶋辰之進の事を教えた。

「私の事を隠しているか……」

勘兵衛は苦笑した。

「ええ……」

「使えるか……」

「脅せば、きっと……」

「面白い……」

勘兵衛は、冷たい笑みを滲ませた。


昼下がりの侍長屋は、静寂に包まれていた。

長屋で暮らす若い家来たちは、それぞれの役目に就いていた。

小嶋辰之進は、勘定方の用部屋で仕事に励んでいた。

一刻（二時間）程が過ぎた時、小嶋はその日の仕事を終え、十露盤《そろばん》を置き、帳簿を閉じて用部屋を出た。そして、奥御殿から西側の内塀の外に連なる侍長屋の家に戻った。

小嶋は侍長屋に戻り、袴《はかま》を脱いで寛《くつろ》いだ。

腰高障子が小さく叩かれた。

「誰だ……」

小嶋は、腰高障子に映る人影に尋ねた。

「下男の丈八にございます」

「下男の丈八。入るが良い」

小嶋は、聞き覚えのない名に戸惑いながら答えた。

「お邪魔します」

丈吉が、腰高障子を開けて入って来た。

「何用だ」

「へい。表を掃除していたら塗笠を被った着流しのお侍がみえましてね……」

丈吉は、小嶋の家の中を一瞥した。家に大した調度品はなく、正面に武者窓がある。

「塗笠を被った着流しの侍……」

小嶋は、昌平橋での出来事を思い出して激しく狼狽した。

「へい……」

丈吉は、小嶋の狼狽振りに戸惑って見せた。

「で、そ、その侍がどうしたんだ……」

小嶋は狼狽し、喉を引き攣らせた。

「へい。これをお渡ししてくれと……」

丈吉は、小嶋に結び文を差し出した。

小嶋は、微かに震える手で結び文を取って開いた。そして、結び文を読みながら顔色を変えた。

『今迄通り安穏に暮らしたければ、余計な真似はするな。すれば道連れにする……』

結び文にはそう書かれており、小嶋は血相を変えて震えた。

脅しは効いた……。

丈吉は見定めた。

「それでは手前はこれで……」

丈吉は戻ろうとした。

「待て……」

小嶋は、声を震わせた。

「へい。何か……」

「その侍、他に何か申していなかったか……」

「さあ、別にこれと云って、ま、時々来るから宜しくと云っていたような……」

丈吉は、小嶋の出方を窺った。

「時々来るから宜しく……」

小嶋は、狼狽を募らせた。

「へい。それでは御免下さい」

丈吉は、小嶋の狼狽を見定めて長屋を出た。そして、赤みを帯びた石を侍長屋越しに投げた。

赤みを帯びた石は、侍長屋沿いの道に落ちて転がった。

勘兵衛は拾い上げた。

小嶋辰之進は、狙い通りに震え上がったようだ。

赤い石は、それを報せてきた。

退き口は決まった……。

勘兵衛は、冷徹な笑みを過ぎらせた。

四

由利が座敷牢に閉じ込められ、食を断ってからかなりの時が過ぎている。

これ以上、時を掛けるのは由利の身体の力が落ちるだけだ。

猶予はない……。

勘兵衛は、押し込みを決めた。

夕食の仕度の時が近付いた。
丈吉は、台所に手伝いに行く前に厩と作事小屋の裏に行った。
裏には、土の擦り付けられた拳大の平たい石があった。
お頭の繋ぎ……。
丈吉は、平たい石を拾って擦り付けられた土を落した。
平たい石には、赤い小さな丸が九つ描かれていた。
明日、子《ね》の刻九つ（午前零時）……。
赤い小さな九つの丸は、それを意味していた。
押し込みは、明日の子の刻九つ……。
丈吉は、勘兵衛の指示を読み取り、平たい石に土を擦り付けて土塀の外に投げ返した。
行燈の明かりは、勘兵衛、吉五郎、おせいの顔を仄かに浮かべていた。
明日、子の刻九つ……。
勘兵衛は、吉五郎とおせいに押し込みの日時を告げた。

「由利さんを連れての退き口、決まりましたか……」

吉五郎は、心配そうに眉をひそめた。

「そいつは、明日、丈吉が造る手筈だ」

勘兵衛は笑みを浮かべた。

「で、私は何を……」

おせいは膝を進めた。

「由利は食を断ち、身体が弱っているだろう」

「はい……」

おせいは、眉をひそめて頷いた。

「そいつを助けてやってくれ」

「はい……」

おせいは頷いた。

「吉五郎は、屋根船と梯子《はしご》を仕度してくれ」

「承知……」

吉五郎は、厳しい面持ちで頷いた。

「勝負は明日の夜。座敷牢を破り、由利を盗み出してみせる」

勘兵衛は笑った。

卯《う》の刻六つ（午前六時）。

丈吉たち下男は、屋敷の表門前の掃除、家来たちの世話、台所の手伝い、雑用などに忙しく働いた。

一刻が過ぎ、辰《たつ》の刻五つ（午前八時）になった。

家来たちはそれぞれの役目に就いた。その中には、勘定方の小嶋辰之進は勿論、小者頭の島村平内、座敷牢の見張り役である横目付《よこめつけ》の柏木もいる。

関口屋敷は、家来たちが役目に就いて静けさに覆われた。

丈吉は、古手の下男の茂助に内塀の周りの掃除を言い付けられた。

「へい……」

丈吉は、箒と塵取りを持って西側に廻り、内塀と侍長屋の間の路地の掃除を始めた。

侍屋敷は、家来たちが出払って閑散としていた。

丈吉は、辺りに人気がないのを見定め、小嶋辰之進の家に忍び込んだ。

小嶋の家は、武者窓の障子が閉められて薄暗かった。

丈吉は、武者窓の障子を開けた。

武者窓には、二寸角の縦格子が三本組まれていた。

丈吉は、懐から錏《しころ》を取り出した。

〝錏〟とは、忍び道具の携帯鋸《のこぎり》を称した。

丈吉は、錏で二寸角の縦格子を静かに切り始めた。


時は過ぎ、一日が終わった。

関口屋敷は夜の闇に沈んだ。

丈吉は、下男長屋で茂助たち朋輩と一緒に鼾《いびき》を掻《か》いていた。

丈吉と茂助たち下男は、昼間の仕事に疲れて深い眠りに落ちている。

寺の鐘の音が、遠くから微かに聞こえた。

子の刻九つの鐘だ。

丈吉は目覚めた。

眠り猫が押し込む……。

丈吉は、茂助たち朋輩が熟睡しているのを見定め、自分の痕跡となるような物を持って長屋を忍び出た。

表御殿の大屋根は、月明かりを受けて蒼白く輝いていた。

丈吉は、暗がりに忍んで表御殿の大屋根を見上げた。

黒い人影が、大屋根の上に音もなく現れた。

錏頭巾に忍び装束を纏《まと》った勘兵衛だった。

眠り猫……。

勘兵衛は、表御殿の大屋根の向こうに走り去った。

丈吉は、勘兵衛が企て通りに押し込むのを見届けた。そして、長屋の横の厠《かわや》に走り、自分の痕跡となるような物を肥溜《こえだ》めに投げ込み、西側の侍長屋に急いだ。


表御殿の南西の奥に人の気配はなかった。

勘兵衛は、屋根の上から出入口の前に飛び降り、板戸の内外を窺った。

板戸の内外に人の気配は窺えない。

勘兵衛は、問外《といかき》で板戸の横猿《よこさる》を外し、表御殿に忍び込んだ。


表御殿の廊下の角には常夜燈が灯され、連なる座敷を微かに浮かべていた。

勘兵衛は闇に忍び、人の気配を探した。

人の息遣いが微かに聞こえた。

勘兵衛は、微かな人の息遣いに向かった。

微かな人の息遣いは、廊下の奥を左に曲がった処から聞こえてきていた。

勘兵衛は忍び寄った。

左に曲がった処に板戸があり、隙間から人の息遣いと僅かな明かりが洩れていた。

勘兵衛は、問外の先で板戸に小さな穴を開け、中を覗いた。

穴の向こうには燭台の明かりが浮かび、見張りの家来が壁に寄り掛かって居眠りをしていた。そして、反対側には牢格子があった。

座敷牢だ……。

勘兵衛は見定め、板戸を僅かに開けて忍び込んだ。

見張りの家来は、勘兵衛に気付かずに眠り続けた。

勘兵衛は、見張りの家来に忍び寄り、背後から首を絞めた。

燭台の明かりが僅かに瞬《またた》いた。

見張りの家来は、目覚める暇もなく落ちた。

勘兵衛は、明かりの灯された燭台を牢格子に近づけた。

座敷牢の中には、女が背を向けて横たわっていた。

由利……。

勘兵衛は、見張りの家来から鍵を奪い、牢格子に掛けられた錠前を外した。そして、牢内に入って由利の様子を窺った。

由利は窶《やつ》れ、意識を失っていた。

勘兵衛は、革袋から水を含ませた綿を取り出し、由利の口を濡らした。

由利は、微かに呻《うめ》いて眼を覚ました。

勘兵衛は、素早く由利の口を押えた。

由利は、咄嗟に舌を噛もうとした。

「早まるな。神尾さんと小太郎に頼まれて来た」

勘兵衛は、素早く囁いた。

由利は眼を丸くした。

「小太郎が……」

「うむ。母者の帰りを待っている」

勘兵衛は微笑んだ。

由利は、溢れる涙を拭った。

「立てるか……」

「は、はい……」

由利は、立ち上がろうとしてよろめいた。

勘兵衛は、由利に素早く肩を貸して支えた。

「申し訳ありませぬ」

「礼は後だ。さあ……」

勘兵衛は、由利を抱きかかえるようにして座敷牢を出た。

座敷牢の天井には、眠り猫の絵の描かれた千社札が残されていた。


小嶋辰之進は、晩飯後に飲んだ酒に酔って眠り込んでいた。

丈吉は、小嶋に忍び寄って頭に黒い袋を被せ、手足を縛った。

その間、小嶋は鼾を掻いて眠ったままだった。

たわいもねえ……。

丈吉は苦笑し、燭台に火を灯して腰高障子の近くに置いた。

勘兵衛は、明かりを目印に来る手筈だ。

丈吉は、武者窓の障子を開け、鋸を出して二寸角の縦格子に最後の切り込みを入れた。

縦格子が外れた。

丈吉は、そうやって三本の縦格子を切り取り、窓の外に顔を出した。

「丈吉……」

吉五郎の声が闇から聞こえ、窓に梯子が掛けられた。

打ち合わせ通りだ……。

丈吉は、侍長屋の裏の道に吉五郎とおせいが来ているのを見定めた。

小嶋が、眼を覚ましたのか呻き声をあげて踠《もが》いた。

「静かにしろ。余計な真似をすれば道連れにするぜ」

丈吉は、小嶋を押え付けて囁いた。

小嶋は、塗笠を被った侍からの結び文を思い出して黙り込んだ。

「大人しく寝ていな……」

丈吉は、小嶋に蒲団を被せて苦笑した。

勘兵衛は、由利を背負って内塀を乗り越え、侍長屋の前に出た。

侍長屋の連なる家は暗く、一軒だけ腰高障子の明るい家があった。

小嶋の家だ……。

勘兵衛は、由利を背負ったまま小嶋の家に走った。

腰高障子を開け、勘兵衛が由利を背負って入って来た。

丈吉が、三本の縦格子を切り取った武者窓の傍にいた。

勘兵衛は、丈吉に目配せをした。

丈吉は頷き、素早く武者窓の外に出た。

勘兵衛は、由利を武者窓の傍に伴った。

武者窓の外には、梯子《はしご》に乗った丈吉がいた。

勘兵衛は、由利に武者窓から外に出るように促《うなが》した。

由利は頷き、武者窓から身を乗り出した。

外にいた丈吉が、由利の身体を支えて武者窓の外に引き出した。そして、梯子の下にいる吉五郎とおせいに預けた。

吉五郎とおせいは、由利に微笑み掛けた。

由利は、安心したように深々と頭を下げた。

丈吉は、勘兵衛に笑い掛けた。

由利を無事に盗み出した……。

勘兵衛は頷き、引き上げろと目顔で命じた。

丈吉は頷き、素早く梯子を下りた。


侍長屋の裏の道には、吉五郎とおせいが由利を抱きかかえるようにして待っていた。

丈吉は、引き上げるように促した。

吉五郎とおせいは、由利を伴って関口屋敷の表に急いだ。

丈吉は、梯子を担いで続いた。


勘兵衛は見送った。

由利は、吉五郎、おせい、丈吉に護《まも》られて逃げ去っていった。

勘兵衛は、懐から貝殻に入った膠《にかわ》を取り出した。そして、切り取られた三本の格子の切り口に塗って武者窓の元の処に戻し、障子を閉めた。

小嶋は、蒲団の下で踠《もが》いていた。

勘兵衛は、蒲団を剝《は》ぎ取って踠く小嶋を当て落した。

小嶋は気を失った。

勘兵衛は、小嶋の手足の縛《いまし》めを解き、頭と顔を覆っていた黒い袋を剝ぎ取った。

小嶋は、涎《よだれ》を垂らして気絶していた。

勘兵衛は苦笑し、侍長屋から立ち去った。


四半刻（三十分）が過ぎた頃、関口屋敷の静寂が破られた。

座敷牢の見張りの交代の刻限となり、柏木がやって来て気を失っている朋輩に驚いた。そして、柏木は座敷牢に由利がいないのに気が付いた。

用人の橋本内蔵助は、柏木から由利の破牢を報され、直《す》ぐに手配りをして奥御殿の関口主水正の寝間に急いだ。

勘兵衛は、暗がり伝いに橋本を追った。


「何、由利が消えた……」

関口主水正は、寝間から用人の橋本内蔵助の待つ次の間に出て来た。

「はい。何者かが忍び込み、助け出したようにございます」

橋本は、厳しい面持ちで告げた。

「おのれ。橋本、屋敷内の護り、どうなっているのだ……」

関口は、怒りを滲ませた。

「はい。表門と裏門にはいつも通りに番士が交代で詰めており、邸内には四半刻毎の見廻りが……」

「その番士や見廻りに見咎められず、何者かが忍び込んだと申すか……」

「表門や裏門には何の異常もなかったそうでして、何処から忍び込んだのか……」

橋本は首を捻った。

「忍び込む手立てはいろいろあろうが、由利を連れて屋敷から逃げ出すのは容易な事ではない筈。未だ屋敷内の何処かに潜んでいるやもしれぬな……」

関口は睨んだ。

「某《それがし》もそう思い、今、家中の者共に屋敷内を隈無《くまな》く調べさせております」

橋本は告げた。

「橋本、事が御公儀に洩れると何かと面倒。曲者《くせもの》と由利、見付け次第に殺せ……」

関口は命じた。

「由利どのもでございますか……」

橋本は戸惑った。

「左様。情けは無用。由利を殺して何もかも闇に葬るのが上策……」

関口は、狡猾さと残忍さの入り混じった笑みを浮かべた。

「心得ました。では……」

橋本は、関口に一礼して立ち去った。

関口は見送り、寝間に戻った。

次ぎの瞬間、天井から音もなく人影が飛び降りた。

人影は勘兵衛だった。

関口は、勘兵衛の気配に振り返ろうとした。

利那、勘兵衛は関口の盆《ぼん》の窪《くぼ》に六寸程の長針を打ち込んだ。

関口は、全身を強張らせて立ち竦《すく》んだ。

勘兵衛は、関口を背後から抱え、盆の窪に打ち込んだ長針を静かに押し込んだ。

関口は、五体を激しく痙攣《けいれん》させ、顔を醜く歪ませて呻き、息絶えた。

勘兵衛は、関口の盆の窪から長針を引き抜いて蒲団に寝かせた。

情けは無用。何もかも闇に葬る……。

それは盗賊の極意の一つだ。そして、色と欲に塗れた悪旗本への上策でもあった。

勘兵衛は苦笑し、蒲団の中で眠っているかのように死んでいる関口主水正を一瞥し、闇の奥に立ち去った。


大川の流れは、蒼い月影を切れ切れに揺らしていた。

丈吉は、駒形堂傍の船着場に屋根船の船縁を寄せた。

「着きましたぜ」

丈吉は障子の内に告げ、屋根船を舫った。

吉五郎とおせいが、由利を介添えして屋根船を降りた。そして、小料理屋『桜や』の隣りの仕舞屋に伴った。

由利は重湯《おもゆ》を食べて薬湯を飲み、蒲団で衰弱した身体を休めた。

「由利……」

「母上……」

吉五郎が、神尾敬一郎と小太郎を伴って来た。

「貴方、小太郎……」

由利は、蒲団の上に身を起こした。

「母上……」

小太郎は、由利に縋《すが》って泣いた。

「小太郎……」

由利は、小太郎を抱き締めて涙を零した。

「良かった。良かったな、由利、小太郎……」

神尾は滲む涙を拭い、由利と小太郎を見守った。

吉五郎とおせいは貰い泣きをし、鼻水をすすった。

丈吉が入って来た。

「お頭が桜やに……」

丈吉は、吉五郎とおせいに囁いた。

「どうやら上首尾に終わったようだな……」

「ええ……」

吉五郎とおせいは笑みを浮かべた。

暫《しばら》くの間、神尾親子を小料理屋『桜や』の隣りの仕舞屋で預かる。

勘兵衛はそう決め、関口屋敷の動きを見守った。

関口家は、主の主水正が急な病で死んだと公儀に届け出た。

何もかも闇に葬るつもりだ……。

勘兵衛は苦笑した。

〝何もかも〟の中には、由利の一件も含まれているのだ。

関口家用人の橋本内蔵助は、何者が由利を座敷牢から助け出し、どうやって連れ去ったのか分からなかった。分からないのは、主の関口主水正の唐突な死もだ。だが、橋本はこれ以上の詮索を続けるより、関口家の存続を願って公儀重職に対する運動を優先した。

小嶋辰之進は、関口家に奉公を続ける限り口を噤《つぐ》んで暮らす筈だ。

新参の下男の丈八は消えた。

小者頭の島村平内と老下男の茂助は、戸惑い困惑した。だが、三日も過ぎれば、下男の事など誰も意に留める事はなくなった。
勘兵衛は、冷たい風に吹かれながら淡路坂を下った。
盗賊・眠り猫の勘兵衛は、旗本屋敷の座敷牢から首尾良く人を盗み出した。
眠り猫の千社札は、誰にも気付かれずに座敷牢の天井に残されていた。

第三話　お墨付

一

根岸《ねぎし》の里、時雨《しぐれ》の岡《おか》には冬の陽差しが溢《あふ》れ、久し振りに子供たちの楽しげな声が弾んでいた。

黒猫庵の広い縁側の日溜りでは、勘兵衛《かんべえ》が胡座《あぐら》の中に老黒猫を抱いて居眠りをしていた。

冬の陽差しは弱く、日溜りは移ろい易い。

勘兵衛は、老黒猫を抱いて日溜りを追った。

やがて陽は翳《かげ》り、時雨の岡に弾んでいた子供の声も消えた。

勘兵衛は、薄寒《うすさむ》さに眼を覚ました。

老黒猫は立ち上がり、大きく身震いして勘兵衛の胡座を降りた。

冬の日溜りは短く終わった。

勘兵衛は、背伸びをして立ち上がった。

「正吉《しょうきち》……」

時雨の岡から女の声が聞こえた。

勘兵衛は、時雨の岡を眺めた。

「正吉……」

母親らしい女が、遊んでいる筈の我が子を捜している。

母親は、御行《おぎょう》の松《まつ》と不動尊の草堂《そうどう》の辺りに子供を捜し、時雨の岡を囲むように流れている石神井川用水を覗いて歩いた。だが、正吉と云う名の子供はいなかった。

子供を捜す母親の声は、次第に切迫して緊張に震えた。

勘兵衛は見守った。

母親は、黒猫庵の広い縁側にいる勘兵衛に気付き、石神井川用水の岸辺に駆け寄って来た。

「あの、お侍さま。お尋ね致しますが、此処《ここ》で遊んでいた五歳の男の子をご存知ありませんか……」

母親は、不安に嗄《か》れた声を僅《わず》かに震わせた。

「さあ。知らぬが、名は正吉と申すのか……」

「はい……」

母親は、縋《すが》るように頷《うなず》いた。

「正吉にこれと云った目印はあるのか……」

勘兵衛は、母親に同情した。

「目印にございますか……」

「うむ……」

「別にこれと云った目印はありませんが、紺色《こんいろ》の綿入れちゃんちゃんこを着ております」

「紺の綿入れちゃんちゃんこか……」

「はい」

「分かった。で、見掛けたら何処《どこ》に報《しら》せれば良いのだ」

「はい。西蔵院《さいぞういん》の傍にある寮に……」

西蔵院は、時雨の岡の南にある寺だ。

「西蔵院の傍の寮は、確か日本橋は平松町《ひらまつちょう》の小間物屋の寮だと聞いているが……」

「……」

「はい。小間物屋の香美堂《こうみどう》の寮にございまして、私は正吉の母でしずと申します」

正吉の母親の名はしずだった。

「おしずか、分かった。正吉を見掛けたら直《す》ぐに報せよう」

「宜しくお願いします。では……」

おしずは、勘兵衛に深々と頭を下げ、御行の松や不動尊の草堂に正吉を捜しながら立ち去った。

無事に見付かると良いのだが……。

勘兵衛は見送った。

根岸の里は夕暮れ色に包まれた。

おしずが正吉を捜しながら立ち去って以来、時雨の岡に人気《ひとけ》はなかった。

勘兵衛は、黒猫庵の広い縁側の雨戸を閉めながら時雨の岡を眺めた。

御行の松の傍らに男がやって来た。

男は菅笠《すげがさ》を目深に被り、重そうな竹籠《たけかご》を背負っていた。

勘兵衛は、菅笠の男を見守った。

菅笠を被った男は、御行の松の陰に入って背中の竹籠を降ろした。

何をしている……。

勘兵衛は、黒猫庵の広い縁側を降り、石神井川用水に架かる小橋を渡った。

菅笠の男は、近付いて来る勘兵衛に気付いた。そして、竹籠を置いたまま慌てて立ち去った。

「待て……」

勘兵衛は呼び止めた。

菅笠の男は、勘兵衛の声を無視して時雨の岡から立ち去って行った。

勘兵衛は眉をひそめて見送り、御行の松の下に残された竹籠の許に急いだ。そして、竹籠の中を覗いた。

竹籠の中には、紺色の綿入れちゃんちゃんこを着た幼い男の子が眠っていた。

正吉……。

勘兵衛は、幼い子が正吉だと睨んだ。

「正吉……」

勘兵衛は、正吉に声を掛けて揺り動かした。だが、正吉は眼を覚まさず眠り続けた。

勘兵衛は、正吉を竹籠から抱き上げて様子を窺った。

正吉は、怪我をしている様子もなく、小さな寝息を洩らして眠っていた。

勘兵衛は、正吉の口元の臭いを嗅《か》いだ。

正吉の口元には、微かに薬湯の臭いがした。

薬で眠らされている……。

勘兵衛は眉をひそめた。

「お侍さま……」

おしずが、白髪頭の老人や若い浪人と共に駆け寄って来た。

「おお、おしず。正吉だ……」

勘兵衛は、抱いていた正吉をおしずたちに見せた。

「正吉……」

おしずは駆け寄り、勘兵衛から正吉を抱き取った。

正吉は眠り続けた。

「怪我はしていないようだ」

「はい……」

おしずは頷いた。

「お侍さま、ありがとうございました。手前はおしずの父、正吉の祖父の香美堂喜左衛門《きざえもん》にございます。此度《このたび》はいろいろと御造作をお掛け致しました」

白髪頭の老人は、日本橋平松町の小間物屋『香美堂』の主《あるじ》の喜左衛門だった。

「いや。竹籠に入れられた正吉を見付けただけだ。礼には及ばぬ。それにしても無事に見付かって良かったな」

勘兵衛は、喜左衛門を見詰めて微笑んだ。

「はい。お陰さまで……」

喜左衛門は頷いた。

夕陽は沈み、時雨の岡は夕闇に覆われた。

「何だったら寮迄送るか……」

勘兵衛は、暗くなった周囲を見廻した。

「いえ。手伝ってくれる方もおりますので……」

喜左衛門は、若い浪人を示した。

若い浪人は、油断なく辺りを窺いながら勘兵衛に目礼をした。

かなり剣の修行をしている……。

勘兵衛は、若い浪人をそう睨んだ。

「そうか。ならば、正吉を早く寮に連れ帰るが良い……」

勘兵衛は、喜左衛門に勧めた。


長火鉢に掛けられた鉄瓶は、湯気を立ち昇らせていた。

勘兵衛は炬燵《こたつ》に入り、鉄瓶の湯で燗《かん》をつけた酒を飲んでいた。

老黒猫は、炬燵の上掛けの裾の上で丸くなって眠っていた。

小間物屋『香美堂』喜左衛門の孫の正吉は、何者かに拐《かどわ》かされた。そして、何らかの取引きが成立して無事に返された。

勘兵衛は、事態《かか》を読んだ。

いずれにしろ拘わりのない事だ……。

勘兵衛は、手酌で酒を飲んだ。

老黒猫が眼を覚まし、低い声でひと鳴きして立ち去った。

誰かが来た……。

勘兵衛は、表に人の気配を探った。

格子戸が控え目に叩かれた。

勘兵衛は、手燭《てしょく》を灯して戸口に向かった。

格子戸に人影が映っていた。

「何方《どなた》だ……」

勘兵衛は、格子戸に映っている人影に尋ねた。

「はい。夕暮れ時、時雨の岡でお逢いした日本橋の小間物屋香美堂喜左衛門にございます」

人影は、恐縮したように告げた。

「おお……」

勘兵衛は、格子戸の猿《さる》を解き、心張棒《しんばりぼう》を外して開けた。

「夜分、畏れいります……」

喜左衛門が提灯《ちょうちん》を手にしていた。

「やあ。いかがされた」

「はい。少々、相談に乗って戴《いただ》きたい事がございまして……」

「相談……」

勘兵衛は戸惑った。

「左様《さよう》にございます。伸吉《しんきち》……」

喜左衛門は、背後に声を掛けた。

「はい……」

仲吉と呼ばれた若いお店者が、角樽《つのだる》と風呂敷包みを持って来た。

「これは先程のささやかなお礼にございます」

喜左衛門は、仲吉を促《うなが》した。

仲吉は、角樽と風呂敷包みを框《かまち》に置いた。

「そうか。ま、あがりなさい」

勘兵衛は、喜左衛門を促した。

「ありがとうございます。仲吉……」

「はい。では後程、お迎えにあがります。御免下さい」

仲吉は、勘兵衛に一礼して出て行った。

勘兵衛は、喜左衛門に炬燵に入るように勧めた。

「畏れいります……」

喜左衛門は礼を述べ、風呂敷包みを解いて重箱を出し、蓋《ふた》を取った。

「おしずが造りました。お夜食にでもお召し上がり下さい」

重箱には、煮染《にしめ》や酢の物、焼き魚が入っていた。

「こいつは美味そうだ」

勘兵衛は笑みを浮かべ、喜左衛門に猪口と皿、そして箸《はし》を用意した。

「さあ。寒かったでしょう」

勘兵衛は、喜左衛門に熱燗を勧めた。

「ありがとうございます」

喜左衛門は、猪口を差し出した。

勘兵衛は、喜左衛門の猪口に熱燗を満たした。喜左衛門は、徳利《とつくり》を取って勘兵衛に酌をした。

「すまぬ……」

勘兵衛と喜左衛門は、熱燗をすすった。

「錏《しころ》勘兵衛さま……」

喜左衛門は、勘兵衛の事を調べて来ていた。

「左様……」

勘兵衛は、喜左衛門を見詰めて頷いた。

「失礼とは思いましたが、どのような方かちょいと調べさせて戴きました」

「ほう。で、何か分かったか……」

勘兵衛は苦笑した。

「得体《えたい》の知れぬ御浪人さまだとしか……」

喜左衛門は、小さな笑みを浮かべた。

嘘はない……。

勘兵衛は、喜左衛門の言葉を信用した。

「して、正吉は如何《いかが》している……」

「はい。お陰さまで眼を覚まし、腹一杯に夕餉《ゆうげ》を食べ、母のおしずに甘えております」

喜左衛門は微笑んだ。

「それは良かった。で、相談とはその正吉拐かしの件か……」

勘兵衛は、不意に〝拐かし〟と切り込んだ。

「はい……」

喜左衛門は、戸惑いも躊躇《ためら》いもなく頷いた。

「やはりな……」

勘兵衛は、己の睨みが正しいのを知った。

「鉦さまが、何も訊かずに正吉を早く寮に連れて帰れと仰った時、拐かされたのにお気付きになられていると……」

喜左衛門は、勘兵衛に探る眼差しを向けた。

「おぬしとおしずは、眠っている正吉がどうやって時雨の岡に戻って来たか訊かなかった。それに、何故か頃合い良く時雨の岡に駆け付けて来た。つまり、正吉は何者かに拐かされ、取引きが成り立ち、時雨の岡にいると教えられ、用心棒の若い武士と駆け付けた。そうだな……」

勘兵衛は、手酌で酒を飲みながら喜左衛門に己の読みを告げた。

「御慧眼《ごけいがん》、畏れいります」

喜左衛門は、勘兵衛の洞察力の鋭さに感心した。

「して、私に相談とは……」

「鋋さま、おしずの姉、手前の娘にございますが、六年前迄、さる旗本の屋敷に礼儀作法の見習を兼ねて奉公にあがっておりましたが、殿さまのお手が付いて……」

「ならば正吉は……」

勘兵衛は眉をひそめた。

「おしずの姉が宿下がりをして産んだ殿さまの御落胤《ごらくいん》にございます」

正吉は、或る旗本家の御落胤だった。

「そのおしずの姉は……」

「正吉を産んだ後、身体を壊し、そのまま亡くなりました。以来、妹のおしずが母親となり、正吉を我が子として育てて来たのでございます」

「成る程《なるほど》、その御落胤の正吉が拐かされたとなると、旗本家には何か騒ぎが起こっているのだな……」

勘兵衛は読んだ。

「十歳になる若殿さまが、急な病で亡くなられたのでございます」

「ならば旗本家の騒ぎは、跡目争いか……」

「左様にございます」

「若殿が亡くなったとなると、御落胤の正吉の出番となったか……」

「殿さまは既に五十歳も過ぎ、残された御子は姫さまだけとなりますと……」

喜左衛門は、煩《わずら》わしそうに眉をひそめた。

「正吉、それにしても良く無事に返してくれたな……」

御落胤を必要としていれば返される筈はなく、邪魔者であれば殺される迄だ。

だが、拐かした者は、正吉を無事に返して来た。

勘兵衛は首を捻《ひね》った。

「それは、正吉と引き替えに殿さまのお墨付《すみつき》と生まれた時に拝領した御家紋入りの脇差《わきざし》を渡したからにございます」

「殿さまのお墨付と拝領の脇差……」

勘兵衛は、厳しさを過《よ》ぎらせた。

「はい。正吉を無事に返して欲しければ、御落胤の証《あかし》であるお墨付と拝領の脇差を渡せと。手前もおしずも正吉を無事に返して貰えるのなら、御落胤の証などいらぬと……」

おしずと喜左衛門は、旗本家の御落胤の証であるお墨付と拝領の脇差を渡し、正吉を無事に取り戻したのだ。

「成る程、そう云う事か……」

勘兵衛は、正吉拐かしの背後に潜んでいる旗本家のお家騒動を知った。

「で、取引きに現れたのは……」

「見知らぬお侍にございます……」

「その侍、どのような男だ……」

「背が高く、歳の頃は三十代半ば。右足を僅かに引き摺《ひず》っておりました」

「背が高く、右足を僅かに引き摺っている……」

「はい。拐かした者どもは、正吉のお墨付と脇差を使い、おそらく拘わりのない子供を御落胤に仕立て上げるものかと……」

喜左衛門は、勘兵衛に己の睨みを告げた。

「間違いあるまい……」

勘兵衛は、喜左衛門の睨みに同感だった。

「その為に、何処《どこ》かの親子が酷い目に遭わなければ良いのですが……」

喜左衛門は、正吉の身の安全を願ってした事が、他の子の不幸になるのを恐れている。

「うむ……」

「そこで鉦さま、相談なのですが、そのお墨付と拝領の脇差、出来るものなら始末したいのですが……」

喜左衛門は、勘兵衛を見据えて告げた。

「始末……」

勘兵衛は、喜左衛門を見返した。

「はい。お墨付も拝領の脇差も旗本の都合でしかない禍《わざわい》の元。そのような物、此《こ》の世《よ》から消すのが一番なのです」

「本当の御落胤の正吉にとって、本当にそれでいいのか……」

勘兵衛は念を押した。

「はい。正吉はおしずの子、手前共小間物屋香美堂の跡取りにございます」

喜左衛門は、笑みを浮かべて云い切った。

「そうか……」

「如何でしょうか、鉦さま……」

「ま、おぬしの望み通りに出来るかどうかは分からぬが、やってみるか……」

勘兵衛は笑った。

「忝《かたじけ》のうございます」

「で、喜左衛門どの、正吉にお墨付と脇差を与えた父親、何処の旗本なのだ」

「二千五百石取りの旗本、丹羽兵衛《にわひょうえ》さま。屋敷は木挽町《こびきちょう》です」

正吉にお墨付と脇差を与えた旗本は、二千五百石取りの丹羽兵衛だった。

「丹羽兵衛……」

「かつては作事奉行や普請奉行のお役目に就いておりましたが、今は無役……」

「そうか。何《いず》れにしろ、偽の御落胤を仕立てようとしている者は、その丹羽兵衛の近くにいるに違いあるまい……」

勘兵衛は、楽しそうな笑みを浮かべた。

鉄瓶は湯気を噴き上げ、蓋が小刻みに揺れて音を鳴らした。

二

京橋《きょうばし》の南にある三十間堀《さんじつけんぼり》は、京橋川と汐留川《しおどめがわ》を南北に繋いでいる。

勘兵衛は、三十間堀に架かる木挽橋を渡って木挽町五丁目の町家を抜けた。そこには大名旗本の屋敷が甍《いらか》を連ねていた。

勘兵衛は塗笠《ぬりがさ》をあげ、旗本の丹羽屋敷を眺めた。

丹羽屋敷は静けさに包まれていた。

「お頭《かしら》……」

丈吉《じょうきち》が背後に現れた。

「どうだ……」

「いろいろと。こちらです……」

丈吉は、並ぶ旗本屋敷と通りを隔てて軒を連ねている町家に勘兵衛を誘った。

蕎麦屋の奥の小部屋には、吉五郎《きちごろう》が窓辺に座っていた。

吉五郎は、窓の障子を僅かに開け、斜向《はすむ》かいに見える丹羽屋敷の表を眺めていた。

「御苦労だな……」

勘兵衛は、丈吉と共に小部屋に入って来た。

「いえ……」

吉五郎は、丹羽屋敷の見張りを丈吉と交代し、勘兵衛と向かい合った。

「丈吉といろいろ聞き込んだのですが、丹羽家の殿さま、胃の腑《ふ》に質《たち》の悪い腫《は》れ物が出来て既に二ヶ月も寝込み、奉公人たちの噂じゃあ、危ないそうですよ」

吉五郎は眉をひそめた。

丹羽兵衛は、胃の腑の病で寝込み、命が危ぶまれている。

「それで今、丹羽家では誰に家督を継がせるかで揉《も》めているか……」

勘兵衛は、嘲《あざけ》りを過《よ》ぎらせた。

「はい。十三歳になる一人娘に婿《むこ》を取って継がせるか。弟の子を養子に迎えるか……」

吉五郎は、丹羽家で囁《ささや》かれている家督相続の手立てを告げた。

「一人娘に婿を取るか、弟の子を養子に迎えるか……」

嫡男《ちゃくなん》が死んだ今、その二つの手立ては順当なものと云える。

「はい……」

「弟とは……」

「殿さまの直ぐ下の弟で裕次郎《ゆうじろう》と云いましてね。清水《しみず》と云ぅ三百石取りの旗本家の婿養子になり、家督を継いでおります」

「ならば今は清水裕次郎か……」

「はい。その清水裕次郎に八歳になる倅《せがれ》がおり、養子にどうかと囁かれています」

「殿さまの弟は、その清水裕次郎一人か……」

「いえ。もう一人おります」

「もう一人……」

「はい。末の弟で秀三郎《しゅうざぶろう》と云ぅ名の部屋住みがいます」

「部屋住み……」

勘兵衛は眉をひそめた。

「はい。三十歳近くで、俗に言う厄介叔父《やっかいおじ》って奴だそうですよ」

者なのだ。

〝厄介叔父〟とは、当主の嫡男から見ての部屋住みの叔父を称した。それは、養子先もなく医師や絵師などとして独り立ちも出来ず、兄や甥《おい》の厄介になっている者なのだ。

「厄介叔父の秀三郎か……」

「その厄介叔父が、丹羽家を継ぐってのはありませんかね」

丈吉が首を捻った。

「丈吉、そいつは次男の裕次郎が許さないだろうな」

勘兵衛は苦笑した。

「そうか……」

丈吉は頷いた。

「それにしても旦那。一人娘の婿や弟の子供なら、お墨付や拝領の脇差などは要らないのでは……」

吉五郎は首を捻った。

「その通りだ。だが、それ故に御落胤が現れるのを恐れ、証のお墨付と脇差を始末しようと奪ったのかもしれぬ」

「邪魔者ですか……」

「うむ。で、一人娘に婿を取ろうと云うのは丹羽兵衛自身なのだな」

「はい。用人の深谷八兵衛《ふかやはちべえ》が、殿さまの意を受けて動いているそうです」

「そうか……」

「でも殿さま、どうして御落胤を呼ばないんですかね」

丈吉は眉をひそめた。

「ああ。良く分からないのはそこだ……」

吉五郎は頷いた。

「おそらく娘の母親である丹羽兵衛の奥方と弟の裕次郎が、兵衛が寝込んでいるのを良い事に邪魔をしているのだろう……」

勘兵衛は読んだ。

「互いに都合の悪い事では手を結ぶ。ありえますね……」

吉五郎は苦笑した。

「そうなると、先《ま》ずは弟の清水裕次郎の動きだな……」

勘兵衛は、清水裕次郎に的を絞った。

「清水裕次郎の屋敷は、愛宕《あたご》神社の北、三斎小路《さんさいこうじ》にあるそうです」

丈吉は告げた。

「そうか。小間物屋の香美堂喜左衛門の許にお墨付と脇差を受け取りに来たのは、背の高い三十代半ばの侍で、歩く時に右足を僅かに引き摺るそうだ」

勘兵衛は告げた。

「そいつの身辺にいる奴が、正吉拐かしの黒幕ですか……」

「お墨付と脇差は、おそらくその黒幕の許にある筈だ」

「じゃあ、私は清水屋敷に行き、背が高くて右足を引き摺る侍がいるかどうか、探って来ますよ」

吉五郎は、猪口の酒を飲み干した。

「うむ。何れにしろ、吉五郎、丈吉。我らは旗本の丹羽家の家督争いには拘わりなく、只《ただ》ただお墨付と拝領の脇差を探し出し、此の世から始末するだけだ」

勘兵衛は、厳しさを滲《にじ》ませた。


木挽町の丹羽屋敷から愛宕神社の北にある清水屋敷は遠くはない。

吉五郎は、三十間堀に架かる木挽橋を渡り、新橋から大名小路《だいみようこうじ》を抜け、愛宕下広小路から三斎小路に入った。

旗本・清水屋敷は、三斎小路に連なる旗本屋敷の中にあった。

吉五郎は、清水屋敷と主の裕次郎について聞き込みを始めた。

「お頭……」

丈吉が、窓から丹羽屋敷を見ながら勘兵衛を呼んだ。

勘兵衛は、素早く窓辺に寄った。

着流しの侍が、老下男に見送られて丹羽屋敷から出て来た。

「部屋住みの秀三郎ですかね……」

丈吉は、着流しの侍を部屋住みの秀三郎だと読んだ。

「間違いあるまい……」

勘兵衛は、丈吉の睨みに頷いた。

秀三郎は、不意に蕎麦屋の窓を見た。

勘兵衛と丈吉は、咄嗟《とっさ》に身を潜めた。

秀三郎は、老下男に見送られて木挽橋に向かった。

「追いますか……」

丈吉は、腰を浮かした。

「いや、私が追ってみる」

勘兵衛は、塗笠を手にして蕎麦屋の奥の小部屋を出て行った。

丹羽秀三郎は、三十間堀沿いの道を八丁堀《はっちょうぼり》に向かった。

勘兵衛は、塗笠を目深に被って秀三郎を尾行《つけ》た。

秀三郎は、勘兵衛と丈吉に気が付いたのかもしれない。だが、秀三郎は丹羽屋敷から出掛けた。

勘兵衛はそれが気になり、己で尾行る事にした。

秀三郎は、落ち着いた足取りで三十間堀沿いを進み、水谷町《みずたにちょう》から八丁堀沿いの道に曲がった。

剣の修行をしている……。

勘兵衛は、秀三郎の足取りと身のこなしからそう睨んだ。

秀三郎は、時々立ち止まった。だが、一度として振り向かず、背後の気配を探っている。

かなりの遣い手だ……。

勘兵衛は、秀三郎をそう睨んだ。

秀三郎は、八丁堀沿いの道を江戸湊に向かっていた。

誘っている……。

勘兵衛の勘が囁いた。

秀三郎は、明らかに尾行ている者を誘っているのだ。

勘兵衛は気付いた。

秀三郎は、八丁堀沿いの道から鉄砲洲《てっぽうず》波除稲荷《なみよけいなり》の境内《けいだい》に入った。

勘兵衛は、八丁堀に架かっている稲荷橋の袂《たもと》に佇《たたず》み、波除稲荷の境内に入って行く秀三郎を見送った。

秀三郎は、波除稲荷の境内で尾行て来る者を見定めようとしている。

勘兵衛は睨んだ。

そうはいかぬ……。

勘兵衛は稲荷橋の袂に佇み、秀三郎が波除稲荷の境内から出て来るのを待った。


清水屋敷の評判は、良くもなければ悪くもなかった。

三百石取りの旗本清水家の家族は、当主の裕次郎と妻の織江《おりえ》、四人の子供と織江の老母の七人がいた。そして、下男夫婦と中間が一人暮らしていた。

裕次郎は、四人の子の内の八歳になる長男を実家である丹羽家の養子にしようとしていた。

吉五郎は、近所の者や清水屋敷に出入りの商人たちに聞き込みを続けた。

今の処《ところ》、清水屋敷に出入りしている者の中に背が高く右足を引き摺る侍は浮かんではいなかった。

吉五郎は、粘り強く聞き込みを続けた。


多くの鷗《かもめ》が、煩《うるさ》く鳴きながら亀島川《かめしまがわ》の上空を舞っていた。

亀島川は、八丁堀と日本橋川を南北に結んでいる。

四半刻（三十分）が過ぎた頃、丹羽秀三郎は波除稲荷の境内から出て来た。

勘兵衛は、身を隠して見守った。

秀三郎は、尾行て来る者を振り切ったと見定め、稲荷橋を渡って亀島川に架かっている高橋に進んだ。そして、高橋を渡って霊岸島《れいがんじま》に入り、亀島川沿いの道を日本橋川に向かった。

勘兵衛は、亀島川を挟んだ対岸の道を追った。そして、秀三郎の警戒がないのを見定め、亀島橋を渡って再び秀三郎の背後に付いた。

秀三郎は、日本橋川に進んだ。
勘兵衛は、慎重に追った。

背が高く右足を引き摺る侍は、清水屋敷の周辺に浮かばなかった。
清水裕次郎と拘わりはないのかもしれない。
吉五郎は戸惑った。
清水屋敷の表門脇の潜り戸が開いた。
吉五郎は、素早く物陰に入った。
中年の武士が、中間に見送られて潜り戸から出て来た。
主の清水裕次郎……。
吉五郎は睨んだ。
清水裕次郎は、中間に見送られて愛宕下広小路に向かった。
何処《どこ》に行く……。
吉五郎は追った。

日本橋の小舟町《こぶなちょう》一丁目は、西堀留川の奥にある町だ。

丹羽秀三郎は、霊岸島から箱崎に抜け、小網町から東堀留川を渡って小舟町一丁目に進んだ。

小舟町一丁目の外れの裏通りには、老爺が店番をしている小さな煙草屋があった。

秀三郎は、店番の老爺に声を掛けて小さな煙草屋に入っていった。

勘兵衛は見届けた。

煙草屋の店番の老爺は、笑顔で店の奥を振り返っていた。

煙草屋に何しに来た……。

秀三郎は、木挽町から小舟町にわざわざ煙草を買いに来た訳ではない。

勘兵衛は、小さな煙草屋を見守った。

僅かな刻が過ぎた。

煙草屋から幼い子供の声がした。

勘兵衛は戸惑った。

秀三郎が、五歳程の幼い男の子と一緒に煙草屋から出て来た。

子供……。

勘兵衛は、微かな緊張を覚えた。

秀三郎と男の子は手を繋ぎ、楽しそうに西堀留川沿いを進んだ。
勘兵衛は追った。
秀三郎には、小舟町に来る時の緊張感はなかった。
どう云う拘わりのある煙草屋であり、子供なのだ……。
勘兵衛に戸惑いと緊張が交錯した。
秀三郎と男の子は、西堀留川の傍にある小さな稲荷堂に向かった。
稲荷堂の境内の入口には、風車《かざぐるま》売りが藁束《わらたば》に刺した色とりどりの風車を廻していた。
秀三郎は、男の子に赤い風車を買い与えた。
男の子は、赤い風車を翳して稲荷堂の狭い境内を駆け廻った。
赤い風車は軽やかに廻った。
秀三郎は、風車を翳して走り廻る男の子を眼を細めて見守った。
どのような拘わりなのだ……。
勘兵衛は、秀三郎と男の子の拘わりを推し量った。
清水裕次郎は、木挽町の丹羽屋敷に入って行った。

吉五郎は見届け、斜向かいの蕎麦屋の暖簾《のれん》を潜った。

「親方……」

丹羽屋敷を見張っていた丈吉が、障子を僅かに開けた窓辺で吉五郎を迎えた。

「今、入っていった侍が清水裕次郎だ」

「野郎が……」

丈吉は、丹羽屋敷の潜り戸を思わず見た。

「ああ……」

「で、背の高い右足を引き摺る侍、清水屋敷に出入りしていましたか……」

「そいつが、今の処いないんだな、出入りしている者の中には……」

吉五郎は眉をひそめた。

「こっちにも、らしい侍の出入りはありませんよ」

「そうか……」

「吉五郎さん、お墨付と拝領の脇差、もし邪魔だとする奴が手に入れたなら、もう始末して此の世にないかもしれませんね」

丈吉は読んだ。

「だったら、私たちも手を引けるが、先ずはしっかり見定めてからだ。で、お頭は……」

「部屋住みの秀三郎が出掛けましてね。追っていきましたよ」

「秀三郎を……」

「ええ、親方……」

丈吉は、窓の外を示した。

丹羽屋敷の表門が開けられ、家来と中間たちが出て来た。

武家駕籠が、供廻りの者たちを従えてやって来て丹羽屋敷に入って行った。

表門は閉められた。

「何様が来たんですかね……」

丈吉は眉をひそめた。

「供廻りに薬箱持がいた。おそらく奥医師だろう」

吉五郎は睨んだ。

「奥医師……」

「ああ。主の丹羽兵衛、いよいよ危ないのかもしれないな」

吉五郎は眉をひそめた。

赤い風車は廻った。

五歳程の男の子は赤い風車を翳し、稲荷堂の境内を飽きもせず走り廻っていた。

丹羽秀三郎は、穏やかな眼差しで駆け廻る男の子に声を掛けていた。

勘兵衛は、物陰から見守った。

陽は西に沈み始めた。

「秀三郎さま、幸太《こうた》……」

西堀留川沿いの道を来た町方の女が、秀三郎と幼い男の子を呼んだ。

「おう……」

秀三郎は、夕陽に照らされた町方の女を眩《まぶ》しげに眺めた。

「おっ母ちゃん、買って貰った……」

幸太と呼ばれた幼い男の子は、赤い風車を掲げて町方の女に駆け寄った。

秀三郎は続いた。そして、幸太を真ん中にして手を繋ぎ、影を長く伸ばして西堀留川沿いの道を戻り始めた。

まるで親子だ……。

勘兵衛は、不意にそうした思いに駆られた。

三

居酒屋『松の屋《まつや》』は、金杉川《かなすぎがわ》に架かる金杉橋の袂にあり、お店者や職人たちで賑わっていた。

丈吉は、丹羽屋敷を訪れた奥医師一行を追った。

奥医師は、芝将監橋《しばしょうげんばし》にある美濃国《みの》大垣《おおがき》藩江戸中屋敷の隣りに住む桂木道伯《かつらぎどうはく》だった。

丈吉は、奥医師の桂木屋敷を見張った。

夜、桂木屋敷から下男と薬箱持を務めていた医生《いせい》が出て来た。

「坂本《さかもと》さん、程々にして四つ（午後十時）には戻って来てくださいよ」

見送りに出ていた下男が念を押した。

「心得ている。じゃあな……」

坂本と呼ばれた医生は、軽い足取りで金杉橋に向かった。

医生の坂本は酒を飲みに行く……。

丈吉は、坂本を追った。

坂本は、金杉橋の袂の居酒屋『松の屋』の暖簾を潜った。

丈吉は、頃合いを見計らって居酒屋『松の屋』に入った。

「いらっしゃい」

若い衆が、丈吉を威勢良く迎えた。

丈吉は、客で賑わう店内に坂本を捜した。

坂本は片隅に座り、酒好きらしく嬉しげに酒を飲んでいた。

「あそこに座る。酒を二三本と肴《さかな》を見繕って持って来てくれ」

丈吉は、若い衆に坂本の隣りを示して注文した。

「へい。合点です」

若い衆は、板場に向かった。

「お邪魔しますぜ」

丈吉は、坂本の隣りに座って笑い掛けた。

「う、うん……」

坂本は、微かな警戒を過ぎらせ、酒を惜しむかのようにすすった。

「おまちどおさまです……」

若い衆が、丈吉に徳利と肴を持って来た。

「おう。待ち兼ねたぜ……」

丈吉は、手酌で酒を猪口に満たして飲み干した。

「ああ、美味え……」

丈吉は、坂本に笑い掛けて威勢良く酒を飲み続けた。

坂本は、丈吉に気圧《けお》されたのか、強張《こわば》った笑顔を見せた。

「あっ、どうぞ。一杯受けておくんなさい」

丈吉は、坂本に徳利を差し出した。

「う、うん……」

「遠慮は無用ですぜ」

「そうか、それじゃあ……」

坂本は、躊躇《ためら》いがちに猪口を差し出した。

丈吉は、坂本の猪口に酒を満たした。

「どうぞ……」

「戴く……」

坂本は、酒の満ちた猪口を丈吉に翳して飲んだ。

「酒は楽しく飲むのが一番だ……」

丈吉は笑った。

「ああ……」

坂本は頷き、丈吉と一緒に酒を飲み始めた。

居酒屋『松の屋』の賑わいは続いた。

丈吉と坂本は、酒を酌み交わした。

「そう云えばお前さん、薬湯の臭いがするけど、お医者か……」

丈吉は、酒を飲みながら鼻を鳴らした。

「まあ、そんな処《とこ》ろだな……」

坂本は、酒を飲んだ。

「そうか、お医者か……」

「医者がどうかしたのか……」

「うん。俺の知り合いの旦那が胃の腑に質の悪い腫れ物が出来たそうでね……」

丈吉は、心配げに眉をひそめてみせた。

「へえ、胃の腑に質の悪い腫れ物か……」

坂本は、戸惑いを浮かべた。

「ああ。それで、噂じゃあもう駄目だってんだが、本当かなと思って……」

「そうか……」

坂本は眉をひそめた。

「胃の腑に腫れ物が出来ちまうと、そんなに危ねえもんなのかい……」

「実はな、今日、やはり胃の腑に質の悪い腫れ物が出来ている患者を往診してな……」

坂本は、丹羽兵衛の事を云っている。

丈吉は、坂本が誘いに乗ったのを知った。

「で、どうなんだ、その人は……」

丈吉は訊いた。

「駄目だな。持って一ヶ月。早くて十日ぐらいだ」

坂本は、沈痛な面持ちで酒を飲んだ。

医生の坂本の見立ては、奥医師の桂木道伯の見立てなのだ。

いずれにしろ、丹羽兵衛の死期は近付いている。

丈吉は知った。

「そうかい。じゃあ、俺の知り合いの旦那も長くねえのかもしれねえなあ」

「ああ。気の毒だが……」

坂本は、哀れむように頷いた。

「うん……」

丈吉は酒を飲んだ。

居酒屋『松の屋』の賑わいは続いた。

小舟町一丁目の小さな煙草屋の主は、店番をしていた惣吉《そうきち》と云う名の老爺だった。

惣吉は、娘のおゆみと孫の幸太の三人で暮らしている。

「じゃあ、幸太はおゆみの子供なのだな」

勘兵衛は、小舟町の木戸番に念を押した。

「へい……」

木戸番は、勘兵衛に貰った小粒を巾着《きんちゃく》に仕舞い、茶を淹れながら頷いた。

木戸番屋は既に大戸を閉め、勘兵衛は居間の框に腰掛けていた。

夜、木戸番は夜廻りをし、亥《い》の刻四つ（午後十時）に木戸を閉め、管理するのが仕事だ。

「どうぞ……」

木戸番は、勘兵衛に湯気を漂わせる茶を差し出した。

「すまぬ……」

勘兵衛は茶を飲んだ。温かい茶は、五体に静かに染み渡った。

「おゆみの亭主、幸太の父親はどうした」

「そいつが良く分からないのですが、一緒に暮らしちゃあいませんよ」

「そうか。今日、若い侍が来ていたが、あの男は違うのか……」

「ああ。あの若いお侍は、おゆみさんが昔奉公していたお旗本家の若さまだそうでしてね。時々遊びに来ているって話ですよ」

木戸番は茶をすすった。

「おゆみが、昔奉公していた旗本の若さま……」

勘兵衛は眉をひそめた。

「ええ……」

木戸番は頷いた。

その昔、おゆみは旗本の丹羽屋敷に奉公しており、部屋住みの秀三郎と古くからの知り合いなのだ。

勘兵衛は知った。

部屋住みの秀三郎は、当主の兵衛に嫡男が生まれた時、用済みの厄介叔父になった。厄介叔父に所帯《しょたい》を持つ力はなく、仕官や養子の口がない限り、家来になるか飼い殺しになるしかない。それが嫌なら浪人するしかないのだ。浪人して剣や絵、医術で身を立てられる者はいい。だが、多くの者は貧しい浪人として生涯を過ごす。

いずれにしろ、泰平の世の武家は、戦乱の世とは違って家督を継ぐ嫡男以外には厳しいものだ。

丹羽秀三郎は、そうした厳しい立場に置かれていた。

おゆみは、そんな秀三郎の安らぎだったのかもしれない。

勘兵衛は読んだ。

秀三郎とおゆみは互いに惹《ひ》かれ、密かに慕い合った。

ならば、おゆみの子の幸太の父親は、秀三郎なのか……。

勘兵衛は、夕暮れ時の秀三郎、おゆみ、幸太を思い出した。

幸太を真ん中にして手を繫いだ秀三郎とおゆみは、仲睦《なかむつ》まじい親子でしかなかった。

勘兵衛は見定めた。

秀三郎は、おゆみと幸太の存在を丹羽家の者たちに隠しているのかもしれない。

勘兵衛は、秀三郎に対して微かに苛立《いらだ》ち、おゆみと幸太に哀れみを覚えずにはいられなかった。

旗本・丹羽兵衛の死は近付いている。

丈吉は、奥医師の桂木道伯の見立てを勘兵衛と吉五郎に報せた。

「長くて一ヶ月、早くて十日か……」

吉五郎は、深々と吐息を洩らした。吐息には死んでいく者に対する哀れみが籠められていた。

「ええ……」

丈吉は頷いた。

「いずれにしろ、丹羽家としては家督相続者を決め、一刻も早く公儀に届け出なければならぬか……」

勘兵衛は、丹羽家の置かれた厳しい立場を知った。

「じゃあ、奥方や清水裕次郎、焦っているんでしょうね」

吉五郎は笑った。

「ああ。十三歳の一人娘が婿養子を取れば丹羽家は奥方の天下。裕次郎の八歳の倅を養子にすれば丹羽家は清水裕次郎のもの。そして、家督を継いだ者が相手を滅ぼす。愚かな武家などそんなものだ」

勘兵衛は、嘲りを滲ませた。

「ですが、義理でも姉弟ですよ……」

丈吉は眉をひそめた。

「丈吉、義理ならば尚更《なおさら》だ」

「酷いもんですねえ……」

丈吉は呆れた。

「で、お頭。昨日、部屋住みの秀三郎は何処に行ったんですか……」

吉五郎は尋ねた。

「女房子供の処だ……」

勘兵衛は、微かな笑みを浮かべた。

「女房子供……」

吉五郎と丈吉は驚いた。

「ああ。小舟町一丁目の煙草屋にいる」

「どう云う事ですか……」

吉五郎と丈吉は困惑した。

「秀三郎は、かつて丹羽屋敷に奉公していたおゆみと云う女と情を交わし、幸太と云う子を成していた……」

「おゆみ……」

「丈吉、丹羽屋敷におゆみがどんな女なのか知っている者がいる筈だ。ちょいと調べてみてくれ……」

「承知……」

丈吉は頷き、蕎麦屋の奥の小部屋から出て行った。

「それにしても、部屋住みの秀三郎に女房や子供がいたとは……」

吉五郎は眉をひそめた。

「部屋住みの厄介叔父でも、人であり男であるのに変わりはない……」

勘兵衛は苦笑した。

「そりゃあまあ、そうですが……」

「それより、丹羽兵衛の死が近付いているのなら、そろそろお墨付と拝領の脇差を持った者も現れるかな」

勘兵衛は読んだ。

「ええ、きっと。ですが、お頭の睨みの一つにあるように、奥方か清水裕次郎が手にしているとなると……」

吉五郎は、勘兵衛を見詰めた。

「既に始末され、現れる事はないか……」

「はい……」

吉五郎は頷いた。

「よし。そいつを見定めてみよう」

勘兵衛は、不敵な笑みを浮かべた。


二千五百石取りの丹羽家は、千三百坪程の敷地に屋敷があり、四十人程の家来と中間小者、女中たちがいた。

当主の丹羽兵衛の病室は、奥方や娘の部屋と共に奥御殿にある。

勘兵衛は、丹羽屋敷の周囲を歩いて屋敷内の様子を窺った。そして、奥御殿に一番近い忍び口を探した。

屋敷の裏の土塀の内側には木々の梢《こずえ》が見え、その向こうに奥御殿の大屋根が見える。

裏の土塀を越え、植木のある庭を抜ければ奥御殿だ。

奥御殿に一番近い……。

勘兵衛は忍び口を決め、丹羽屋敷前の蕎麦屋の小部屋に戻った。


丈吉は戻っていた。

「おゆみの事、分かったか……」

勘兵衛は尋ねた。

「はい。おゆみって女は、六年前迄、丹羽家に台所女中として奉公していました」

「台所女中か……」

「はい。女中頭の話じゃあ、器量も気立ても良く、真面目な働き者だったそうですよ」

「評判、良かったか……」

「ええ。良過ぎるぐらいですよ」

丈吉は笑った。

「で、女中頭、おゆみと秀三郎の拘わりを知っていたかな……」

「そいつですが。それとなく探りを入れたんですが、女中頭は何も知りませんでしたよ」

「そうか、知らないか……」

秀三郎とおゆみは、慎重に事を運んでいたようだ。

「はい……」

丈吉は頷いた。

「で、おゆみは何故、六年前に丹羽屋敷から暇を取ったのだ」

「女中頭には嫁に行くと云っていたそうです」

「嫁に行くか……」

「はい。おゆみ、貧乏でも良いから優しい男と所帯を持ちたいと、良く云っていたそうですよ」

おゆみは、秀三郎とささやかな所帯を持つのを願っている。

勘兵衛は、おゆみの気持ちを推し量った。

「そうか……」

「お頭、吉五郎の親方は……」

「愛宕下の清水屋敷に行った」

「清水屋敷ですか……」

「うむ。で、丈吉、私はこれから丹羽屋敷に忍び込む……」

勘兵衛は告げた。


昼下がり。

錏頭巾《しころずきん》を被った勘兵衛は、忍び装束に身を固めて丹羽屋敷の裏の路地に現れた。

裏の路地に人気はなかった。

勘兵衛は見定め、土塀の上に跳んだ。そして、土塀の上に身を伏せて、屋敷内を見廻した。

屋敷内には木々のある庭が広がり、奥御殿と渡り廊下で繋がる離れ家があった。

勘兵衛は庭に飛び降り、庭木の陰に忍んで母屋《おもや》と離れ家を窺った。

離れ家から微かに薬湯の臭いがした。

丹羽兵衛の病室は離れ家……。

勘兵衛は睨んだ。

奥方の部屋は、奥御殿の連なる座敷の何処かだ。

奥女中が、初老の武士を誘って廊下をやって来た。

勘兵衛は、奥女中と初老の武士を見守った。

奥女中は、奥の座敷の前に跪《ひざまず》いて閉められている障子に声を掛けた。そして、障子を開け、初老の武士を座敷に取り次いで去った。

初老の武士は座敷に入った。

奥方の部屋……。

勘兵衛は見届け、庭木の陰から一気に庭を駆け抜け、奥女中の入った座敷の隣室の縁の下に潜り込んだ。

頭上の座敷に人の気配はない。

勘兵衛は見定め、縁の下から素早く廊下に上がり、人の気配のない座敷に入った。

座敷には人気も火の気もなく、冷え冷えとしていた。

勘兵衛は、座敷の角の長押《なげし》に跳んだ。そして、長押を足場にして天井板をずらし、天井裏に忍び込んだ。

天井裏は薄暗く、太い梁《はり》と柄柱が縦横に組まれ、埃《ほこり》っぽかった。

勘兵衛は、梁にあがって奥方の座敷の上に進んだ。

女の声が聞こえた。

奥方の座敷の上だ……。

勘兵衛は、梁に身体を預けて小苦無《こくない》を出し、天井板に小さな穴を開けて覗いた。

眼下の座敷には、奥方と初老の武士の姿が見えた。

勘兵衛は、小さな穴を見詰めて耳を澄ました。

「して深谷、裕次郎は姫が婿を取って丹羽の家督を継ぐのは、どうしても納得出来ぬと申すのか……」

奥方は、声を怒りに震わせた。

「はい。丹羽の血を受け継ぐ男子がいるのに、他家の者に家督を譲るなど、どうあっても同意しかねると……」

深谷と呼ばれた初老の武士は、用人の深谷八兵衛だった。

「おのれ、裕次郎。深谷、裕次郎は既に清水家の者。差《さ》し出口《でぐち》は慎むよう申し伝えい」

「何度もそう申しているのですが、裕次郎さま、妙に落ち着かれておりまして……」

深谷は眉をひそめた。

「妙に落ち着いておるだと……」

「如何《いか》にも……」

「何故だ。裕次郎が妙に落ち着いているのは何故なのだ」

奥方は苛立った。

「それなのですが、裕次郎さまの狙いは、他にあるのかもしれませぬ」

「他にある……」

「はい……」

「それは何だ。他に何があると申すのだ」

「ひょっとしたら、御落胤かもしれませぬ」

「御落胤……」

「はい。裕次郎さま、御自分の子を養子にと云い張って我らを引き付け、いざとなれば殿のお墨付と下げ渡された家紋入りの脇差を持つ御落胤を立てるやも……」

「そ、そのような……」

奥方は狼狽《うろた》えた。

「そして、裕次郎さまは後見人に納まり、此の丹羽家の実権を握る企てなのかもしれませぬ……」

「しかし深谷、香美堂の喜左衛門は、何があっても孫を御落胤だとは名乗り出させぬと約束したのではないのか……」

「左様にございます。ですが、裕次郎さまのやる事です。どのような手を使うか……」

「ならぬ。深谷、裕次郎に不埒《ふらち》な真似をさせてはならぬ」

奥方は、悲鳴のように甲高い声を震わせた。

お墨付と拝領の脇差は奥方の許にはない。

勘兵衛は見極めた。

ならば、お墨付と拝領の脇差は、清水裕次郎の処にあるのかもしれない。

しかし、だとしたら……。

勘兵衛は、お墨付と脇差の行方を読んだ。

四

愛宕下三斎小路には、冷たい風が吹き抜けていた。

吉五郎は、丹波《たんば》国篠山《ささやま》藩江戸下屋敷の中間部屋の窓から清水屋敷を眺めていた。

「どうですか親方。右足を引き摺る侍、現れましたかい……」

中間頭は、吉五郎に尋ねた。

吉五郎は、中間頭に金を握らせて中間部屋を見張り場所に借りていた。

「いや。現れないねえ……」

吉五郎は苦笑した。

「そうでしょう。あっしたちも右足を引き摺っている侍が、清水屋敷に出入りするのを見た事ありませんからねえ……」

　中間頭は笑った。

　正吉を拐かし、お墨付と拝領の脇差を脅し取った右足を引き摺る侍は、清水裕次郎と拘わりがないのかもしれない。

　吉五郎は、そうした思いに駆られた。

　清水裕次郎が、風呂敷包みを持った下男を従えて屋敷から出て来た。

「清水の殿さま、お出掛けですぜ……」

「ああ。頭、又来るぜ……」

　吉五郎は、中間部屋を出た。

　清水裕次郎は、風呂敷包みを持った下男を従えて溜池《ためいけ》に向かっていた。

　篠山藩江戸下屋敷を出た吉五郎は、充分な距離を取って尾行た。

　お墨付と拝領の脇差は、丹羽家奥方の許にはなかった。

　勘兵衛は、だからと云ってお墨付と脇差が清水裕次郎の処にあるとも思えなかった。

　もし、裕次郎の処にあるのなら、既に何らかの動きがある筈だ。だが、裕次郎がそれらしい動きをしたとは聞いていない。

お墨付と拝領の脇差は、裕次郎の処にはないのかもしれない。

勘兵衛は読んだ。

もし、読みの通りであれば、お墨付と拝領の脇差は何処にあるのか。

勘兵衛は、厳しさを過ぎらせた。

溜池には風が吹き抜け、小波《さざなみ》が走っていた。

清水裕次郎は、風呂敷包みを持った下男を従えて溜池沿いの道を赤坂《あかさか》に進んだ。

吉五郎は追った。

裕次郎と下男は、赤坂御門前を抜けて紀伊《きい》国和歌山《わかやま》藩江戸中屋敷沿いを四ッ谷御門に向かった。そして、或る旗本屋敷を訪れた。

裕次郎と下男は、旗本屋敷に入った。

吉五郎は見届けた。

誰の屋敷なのか……。

吉五郎は、隣りの旗本屋敷の裏門から出て来た魚の棒手振《ぼてふ》りを呼び止め、素早く小粒を握らせた。

「隣りの御屋敷ですかい……」

魚の棒手振りは、小粒を固く握り締めた。

「ああ。何方《どなた》さまの御屋敷かな……」

「島尾監物《しまおけんもつ》さまと仰いましてね。御目付さまだそうですよ」

「御目付……」

「へい……」

「そうか。いや、造作を掛けたね」

「いえ。じゃあ……」

魚の棒手振りは、軽い足取りで立ち去った。

「目付の島尾監物か……」

吉五郎は、島尾屋敷を眺めた。

目付は、旗本御家人の支配監察が役目であり、公儀の評定にも出る。

裕次郎は、目付の島尾監物に誼《よしみ》を通じて後ろ盾になって貰おうとしている。

吉五郎は睨んだ。

下男の持っていた風呂敷包みは、島尾監物に献上する品物なのだ。

目付の島尾監物を後ろ盾にし、丹羽家の家督相続争いを有利に進めようとしている。

吉五郎は、裕次郎の腹の内を読んだ。そして、新たな疑念を覚えた。

もし、お墨付や拝領の脇差を持っているなら目付の後ろ盾を必要とせず、御落胤を押し立てれば良いのだ。だが、そうせずに目付を後ろ盾にするのは、お墨付や拝領の脇差を持っていないからなのか。

吉五郎は、疑念を募らせた。

溜池を吹き抜けた風は冷たく、吉五郎の白髪混じりの解《ほつ》れ髪《がみ》を揺らした。

浜町堀を行く猪牙舟は、櫓《ろ》の軋《きし》みを甲高《かんだか》く響かせていた。

丹羽秀三郎は、浜町堀に架かる汐見橋《しおみばし》の袂にある船宿『若柳《わかやなぎ》』の暖簾を潜った。

勘兵衛は、物陰から見届けた。

丹羽屋敷を出た秀三郎は、八丁堀を抜けて箱崎から浜町堀にやって来た。

船宿『若柳』で誰かと逢うのか……。

勘兵衛は、汐見橋の袂から船宿『若柳』を見守った。

僅かな時が過ぎた頃、浜町堀の堀端を一人の侍がやって来た。

侍は、右足を僅かに引き摺っていた。

右足を引き摺っている……。

勘兵衛は、右足を僅かに引き摺りながらやって来る侍を見詰めた。

右足を僅かに引き摺っている侍は、三十代半ばで背が高かった。

人相風体は、お墨付と脇差を取りに来た侍と同じだ。

勘兵衛は、小間物屋『香美堂』の主・喜左衛門の言葉を思い出した。

右足を僅かに引き摺っている侍は、汐見橋の袂にある船宿『若柳』に入って行った。

秀三郎と逢う……。

勘兵衛の勘が囁いた。

もし、勘兵衛の勘が正しければ、右足を僅かに引き摺っている侍は、丹羽家の部屋住みである秀三郎と拘わりがあるのだ。

勘兵衛は睨んだ。

秀三郎は、小間物屋『香美堂』の正吉が長兄・兵衛の御落胤であり、お墨付と家紋入りの脇差を与えられているのを知っている。

右足を引き摺る侍は、秀三郎に命じられて正吉を拐かし、お墨付と脇差を脅し取ったのかもしれない。

丹羽秀三郎……。

勘兵衛は、おゆみや幸太と手を繋いで楽しげに行く秀三郎を思い出した。

幸太……。

勘兵衛は気が付いた。

幸太が、小間物屋『香美堂』の正吉と同じ年格好なのに気が付いた。

次ぎの瞬間、勘兵衛は思わぬ衝撃に突き上げられた。

まさか……。

勘兵衛は、微かな困惑を覚えた。

風が冷たく吹き抜けた。

船宿『若柳』の暖簾は風に揺れた。

「ありがとうございました……」

右足を引き摺る侍が、女将に見送られて船宿『若柳』から出て来た。

勘兵衛は、汐見橋の袂で見守った。

右足を引き摺る侍は、浜町堀の堀端を戻り始めた。

勘兵衛は、浜町堀の対岸から尾行を始めた。

右足を引き摺る侍は、浜町堀の堀端を北に進んで行く。

勘兵衛は追った。


神田松枝町《まつがえちょう》玉池稲荷《たまいけ》の赤い幟旗《のぼりばた》は、吹き抜ける冷たい風にはためいていた。

右足を引き摺る侍は、浜町堀から亀井町《かめいちょう》を抜けて弁慶橋《べんけいばし》を渡り、玉池稲荷の境内に入った。

勘兵衛は続いた。

右足を引き摺る侍は、お玉が池の畔《ほとり》に佇んでいた。

勘兵衛は、己の気配を消さずに近付いた。

右足を引き摺る侍は、静かに振り向いた。

勘兵衛は立ち止まった。

「私に用か……」

右足を引き摺る侍は、勘兵衛に厳しい眼を向けた。

「おぬし、日本橋の小間物屋香美堂の正吉を拐かし、旗本丹羽兵衛の墨付と脇差を脅し取ったな」

勘兵衛は、駆引きなしで尋ねた。

「おぬし、何者だ……」

右足を引き摺る侍は、刀の鯉口《こいぐち》を切って抜き打ちの構えを取った。

「鉦勘兵衛、おぬしは……」

「黒崎左内《くろさきさない》……」

右足を引き摺る侍は名乗った。

「黒崎左内さんか。おぬし、正吉を拐かして墨付と脇差を脅し取ったのは、丹羽秀三郎に頼まれての事なのか……」

「違う……」

黒崎は、抜き打ちの構えを解いた。

勘兵衛は戸惑った。

「左様。私は秀三郎に頼まれて正吉を拐かし、墨付と脇差を脅し取ったのではない」

「では、何故に……」

「秀三郎を見ていて苛立ちを覚えてな」

黒崎は苦笑した。

「苛立ち……」

「同じ両親の子として生まれながら、弟と云うだけで兄たちに疎《うと》まれ、惚れた女や子を幸せにしてやれぬ秀三郎にな……」

黒崎は、微かな嘲りを過ぎらせた。

「ならば……」

「幸いな事に御落胤の正吉と秀三郎の子の幸太は同じ年頃。幸太を御落胤に仕立てて良い思いをさせてやれと、脅し取った墨付と脇差を渡した迄……」

黒崎は、その眼に狡猾《こうかつ》さを過ぎらせた。

小間物屋『香美堂』正吉拐かしは、黒崎左内一人の企てなのだ。

「で、丹羽秀三郎は、おぬしの企てに乗ったのか……」

「今日、漸《よう》やくな……」

「漸く。ならば今迄は……」

「私の企てに乗る処《どころ》か、墨付と脇差を香美堂の喜左衛門に返そうとした。だが、義理の姉と兄の裕次郎の醜《みにく》い家督争いを目の当たりにし、幸太を御落胤に仕立て後見人となると、漸く覚悟を決めたそうだ」

黒崎は、楽しげに笑った。

黒崎の楽しげな笑いには、狡猾さと人を操る冷酷さが秘められていた。善意を装って他人の人生に口を出し、弄《もてあそ》んで楽しむ冷酷な外道《げどう》……。

勘兵衛は、黒崎左内の正体を知った。

そして、秀三郎やおゆみと手を繋いではしゃぐ幸太の顔が勘兵衛の脳裏に浮かんだ。

「そうはさせぬ……」

勘兵衛は決めた。

幸太は、御落胤として丹羽家の家督を継いだ処で幸せにはなれぬ。

勘兵衛は、黒崎を厳しく見据えた。

「おぬし、邪魔をする気か……」

「だとしたら……」

勘兵衛は、黒崎の出方を探った。

「初めて逢った見ず知らずのおぬしに何もかも話したのは……」

黒崎は、狡猾さと残忍さの入り混じった笑みを勘兵衛に向け、不意に鋭く斬り掛かった。

勘兵衛は素早く躱《かわ》し、黒崎と交錯した。そして、振り向き態《ざま》に抜き打ちの一刀を放った。

抜き打ちの一刀は閃光となり、黒崎の首の血脈を刎《は》ね斬った。

黒崎は、呆然と眼を瞠《みは》り、立ち竦んだ。

勘兵衛は、大きく跳び退いた。

「お、おのれ……」

黒崎は顔を醜く歪め、首から血を振り撒いてお玉が池に倒れ込んだ。

お玉が池に水飛沫《みずしぶき》があがり、揺れる水面に赤い血が広がった。

燭台の火は瞬いた。

「じゃあ、お墨付と拝領の脇差は、秀三郎さんの処にあるんですかい……」

吉五郎は眉をひそめた。

「うむ。おそらく秀三郎の部屋の何処かにな……」

「じゃあ丹羽屋敷に……」

丈吉は膝を進めた。

「秀三郎に逢いに行く……」

「忍び口は、この前と同じ裏……」

「いや。丈吉、表だ……」

「表……」

丈吉は戸惑った。

「ああ。表門から行く……」

「ですがお頭、そいつは危ない……」

丈吉は眉をひそめた。

「丈吉、表から堂々と行くのも、押し込みの極意だ」

勘兵衛は不敵に笑った。


「秀三郎さまに……」

丹羽屋敷の中間は戸惑った。

「左様。私は鉦勘兵衛。御落胤の件でお逢いしたいとお伝え願いたい」

勘兵衛は丹羽屋敷に忍び込まず、表門から秀三郎を訪れた。

「少々、お待ち下さい」

中間は、勘兵衛を表門脇の腰掛けで待たせ秀三郎の許に走った。

勘兵衛は、丹羽屋敷の様子を窺った。

丹羽屋敷には、主が重い病のせいか沈鬱《ちんうつ》さが漂っていた。

中間が戻って来た。

「お待たせ致しました。どうぞ……」

中間は、勘兵衛を内塀の木戸に誘った。

内塀の木戸を潜ると、侍長屋や重臣の家があった。

勘兵衛は、中間に誘われて板塀沿いを奥に進み、木戸を潜った。

そこは奥御殿の外れであり、離れ家のような座敷があった。

「秀三郎さま、鉦さまにございます」

中間は、庭先に控えて障子の閉まっている座敷に声を掛けた。

秀三郎が、座敷の障子を開けて濡縁《ぬれえん》に出て来た。

「やあ。お上がり下さい」

「不意の訪問、お許し下され」

「いいえ。暇な部屋住みです。どうぞ……」

秀三郎は、勘兵衛を座敷に誘った。

勘兵衛と秀三郎は、座敷で向かい合った。

「鉦勘兵衛どのですか……」

秀三郎は、勘兵衛に探る眼を向けた。

「左様。秀三郎さん、御落胤に与えられたお墨付と家紋入りの脇差、お返し願いたい」

勘兵衛に小細工はなかった。

「鉦どの……」

秀三郎は衝《つ》き上《あ》がる狼狽を抑え、厳しい眼で勘兵衛を見据えた。

「お墨付と脇差を使って幸太を御落胤に仕立て、丹羽家の家督を継がせた処で決して幸せにはなれぬ」

勘兵衛は淡々と告げた。

「おぬし……」

秀三郎は、嗄れた声を微かに震わせた。

「おゆみと幸太を幸せにしたければ、己の腕と才覚で働くしかない……」

秀三郎は、勘兵衛がおゆみと幸太を知っている事に驚き、戸惑った。そして、その厳しい言葉に項垂《うなだ》れた。

「義理の姉と兄の裕次郎の醜い争い。幸太を巻き込んで加わるのは愚かな事と気付いている筈。それ故、黒崎左内の企みに中々《なかなか》加わらなかった。違うか……」

「鉦どの……」

「私は日本橋の小間物屋香美堂喜左衛門どのからお墨付と脇差の始末を頼まれましてな」

「お墨付と脇差の始末……」

秀三郎は戸惑った。

「左様。小間物屋香美堂の跡目を継ぐ正吉には無用であり、下手をしたら拘わりのない子を争いに巻き込み、不幸にする代物。始末してくれとな」

「争いに巻き込み、不幸にする……」

「左様。それ故、早々にお返し願いたい」

「ですが鉦どの、お墨付と脇差は……」

「黒崎左内に斟酌《しんしゃく》無用……」

勘兵衛は遮《さえぎ》った。

「黒崎左内、他人を操り弄ぼうとして斬り棄てられました」

「黒崎左内が斬り棄てられた……」

秀三郎は驚き、喉を引き攣らせた。

「左様……」

勘兵衛は、秀三郎を見据えて頷いた。

「そうですか。分かりました……」

秀三郎は、違い棚から手文庫と金襴《きんらん》の刀袋に入れた脇差を取り出した。そして、手文庫に入っていた書状を勘兵衛に差し出した。

「拝見致す……」

勘兵衛は、書状を開いて一読した。

書状は、御落胤を証明するお墨付に間違いなかった。

「確かに……」

勘兵衛は頷き、お墨付を火鉢に入れた。

火鉢に熾《お》きていた炭は、お墨付に炎を移して燃え上がらせた。

赤い炎は、お墨付を包んで揺れた。

「えっ……」

「お墨付が消えた今、脇差は只の丹羽家伝来の脇差。おぬしから幸太に伝えるも良し……」

勘兵衛は微笑み、脇差を秀三郎に戻した。

「鉦どの……」

「秀三郎さん、おゆみや幸太と親子三人、貧しくても穏やかに暮らすのです。それが、おゆみと幸太の一番の幸せ……」

「はい……」

秀三郎は、憑《つ》き物《もの》が落ちたかのような晴れやかな顔で微笑んだ。

赤い炎は揺れて消え、お墨付は燃え尽きた。

勘兵衛は、丹羽屋敷の奥御殿の天井裏に眠り猫の千社札を残し、頼まれ仕事を終えた。


半月後、丹羽家は一人娘に婿を取り、公儀に家督相続者として届け出た。

家督相続争いは奥方側が勝ち、次男の清水裕次郎は敗れたのだ。

病床に就いていた兵衛は、それを見届けたかのように息を引き取った。

「そうか。丹羽兵衛が死に、家督は娘の婿が継いだか……」

「ええ。これで一件落着ですか……」

吉五郎は吐息を洩らした。

「うむ……」

「それから秀三郎ですが、兄の娘の婿が家督を継ぐのが筋だと口添えしたそうですよ」

「秀三郎が口添えをな……」

奥方が家督相続争いに勝ったのは、部屋住みの秀三郎の口添えがあったからかもしれない。

「はい。で、兵衛さまが死んだのを見届けて丹羽家を出たそうです」

「秀三郎、丹羽家を出たか……」

秀三郎が、丹羽家を出てどうしたかは分からない。だが、おゆみと幸太の許に行ったのは間違いない。

勘兵衛は、秀三郎、おゆみ、幸太の幸せを願った。

黒猫庵の広い縁側には陽差しが溢れ、時雨の岡には子供たちの賑やかな声が響いた。

春はもうじきやって来る……。

第四話　菩薩《ぼさつ》の喜十《きじゅう》

一

春……。

根岸《ねぎし》の里、時雨《しぐれ》の岡《おか》は柔らかな陽差しに溢《あふ》れ、石神井川《しゃくじいがわ》用水の流れは煌《きら》めいた。

黒猫庵の広い縁側は、差し込む陽差しを受けて鈍色《にびいろ》に輝いた。

勘兵衛《かんべえ》は胡座《あぐら》に老黒猫を抱き、広い縁側の日溜りで居眠りをしていた。

老黒猫が眼を覚まし、勘兵衛の胡座から降りた。そして、後ろ足を交互に伸ばして背伸びをし、勘兵衛を一瞥《いちべつ》して立ち去った。

誰か来たのか……。

勘兵衛は薄目を開けた。

垣根の向こうに人が過《よ》ぎった。

って来た。

「旦那、お邪魔しますよ……」

上野元黒門町の口入屋『恵比寿屋《えびすや》』の女将のおせいが、垣根の木戸から庭に入って来た。

「やあ……」

勘兵衛は迎えた。

「やっと日溜りが楽しめる時期になりましたか……」

おせいは、勘兵衛が日溜りで居眠りをしていたのに気が付いていた。

「いや。未だ未だだ……」

勘兵衛は苦笑した。

「桜が咲かなきゃあ、駄目ですかねえ……」

「ま。そんな処《ところ》だ。ま、茶でも淹《い》れる。あがるが良い……」

「それより旦那、ちょいと浅草に行ってみませんか……」

「浅草……」

「はい。茶屋町《ちゃやまち》に……」

浅草茶屋町は、金龍山浅草寺雷門前の広小路の南側にある。

「茶屋町に何かあるのか……」

「花之家《はなのや》って料理屋が新しく店を開きましてね。中々《なかなか》美味しいお料理を食べさせてくれるそうですよ」

「ほう、新しい料理屋か……」

「ええ。行ってみませんか……」

おせいは、微笑《ほほえ》みを浮かべて誘った。

微笑みの裏には、料理以外の何かがある。

勘兵衛は睨んだ。

「うん。行ってみるか……」

勘兵衛は、おせいの誘いに乗った。


浅草広小路は、春の気配に誘われた人々で賑わっていた。

茶屋町は浅草東仲町《ひがしなかまち》と蔵前《くらまえ》の通りの間にあり、広小路に面していた。

料理屋『花之家』は、その茶屋町の一角で薄紅色《うすべにいろ》の暖簾を揺らしていた。

勘兵衛は、おせいと共に料理屋『花之家』の薄紅色の暖簾を潜った。

「いらっしゃいませ……」

帳場にいた女将《おかみ》と番頭が、勘兵衛とおせいを迎えた。

「上野元黒門町のおせいと申しますが……」

おせいは、年増《としま》の女将に告げた。

「ああ。お待ち申しておりました。花之家の女将のとよにございます」

年増の女将は名乗り、挨拶をした。

「手前は番頭の七五郎《しちごろう》にございます。お二人さまにございましたね」

中年の番頭の七五郎は挨拶をし、おせいに確かめた。

「ええ……」

おせいは、勘兵衛が一緒に来ると見越して『花之家』に予約を入れていたようだ。

勘兵衛は苦笑した。

真新しい座敷には木の香が漂い、広小路の賑わいは感じられなかった。

勘兵衛とおせいは、会席料理を食べながら酒を飲んだ。

年増の女将のおとよは挨拶をした後、勘兵衛とおせいの相手を仲居のおように任せた。

若い仲居のおようは、言葉少なく丁寧な客扱いをしていた。

「おようさん、仲居の仕事は初めてですか……」

おせいは、不意に尋ねた。

「は、はい。仲居の仕事は、花之家が初めてですが、何か至りませんでしょうか……」

およう
は、微かな不安を過ぎらせた。

「いえ。丁寧な客あしらいに感心しましてね。これからも、このまま続けるんですよ」

おせいは微笑んだ。

「はい。ありがとうございます」

おようは、嬉しげに頭を下げた。

「酒、熱いのを貰おうか……」

勘兵衛は注文した。

「はい。直ぐにお持ちします」

おようは、張り切って座敷を出て行った。

「で、おせい、仲居のおようを励ましに来た訳ではあるまい……」

勘兵衛は、笑みを浮かべて酒を飲んだ。

「はい。旦那、女将のおとよと番頭の七五郎の名前や顔に覚えはありませんか……」

おせいは、厳しさを滲ませた。

「おとよと七五郎……」

勘兵衛は戸惑った。

「ええ……」

「覚えはないが、二人がどうかしたか……」

「花之家の旦那、喜兵衛《きへえ》ってんですよ」

「喜兵衛……」

「はい……」

おせいは頷いた。

「その喜兵衛がどうかしたのか……」

「旦那、菩薩《ぼさつ》の喜十《きじゅう》って盗人《ぬすっと》、ご存知ですか」

おせいの眼が僅かに輝いた。

「おせい、まさか花之家の主の喜兵衛が、菩薩の喜十だと云うのか……」

勘兵衛は、微かな緊張を過ぎらせた。

「大昔、菩薩のお頭の下働きを勤めた者が良く似ていると……」

菩薩の喜十は、悪辣《あくらつ》に金儲けをしている大店や高利貸などに押し込み、奪った金を貧乏人に分け与える義賊だとされていた。

「菩薩の喜十には、私も一度は逢ってみたいと思っているが……」

「逢った事はありませんか……」

「うむ。もし、花之家の喜兵衛が、菩薩の喜十ならば、女将のおとよと番頭の七五郎は菩薩一味の盗賊かもしれないか……」

「はい。処《ところ》で旦那。七日前に両国は薬研堀《やけんぼり》の高利貸、丁字屋清蔵《ちようじやせいぞう》が押し込みに遭い、五百両もの金を奪われたのをご存知ですか……」

「聞いてはいるが、高利貸の丁字屋に押し込んだ盗賊、菩薩の喜十だと云うのか……」

「丁字屋が押し込まれた夜、湯島天神《ゆしまてんじん》裏の貧乏長屋に小判が撒《ま》かれたって噂でしてね。それで、丁字屋に押し込んだのは、菩薩の喜十だろうと……」

「成る程《なるほど》……」

勘兵衛は頷いた。

「処が丁字屋の清蔵が、そいつを知りましてね。手下や息の掛かった者たちに菩薩の喜十と一味の居場所を突き止めろと命じたそうですよ」

「丁字屋清蔵、菩薩の喜十の居場所を突き止めてどうする気だ……」

「きっと喜十を殺して虚仮《こけ》にされた恨みを晴らし、金を取り戻そうって魂胆《こんたん》ですよ」

おせいは読んだ。

「恨みを晴らして金を取り戻すか……」

勘兵衛は眉をひそめた。

「はい……」

「丁字屋清蔵、そんな高利貸なのか……」

「噂じゃあ血も涙もない高利貸だそうでしてね。借りた金を期限迄に返さなきゃあ、女房や娘を岡場所に売り飛ばすって絵に描いたような非道な奴だそうですよ」

おせいは、腹立たしげに眉をひそめた。

「義賊と非道な高利貸か……」

「ええ……」

「面白いな……」

勘兵衛は笑った。

「でしょう……」

おせいは、勘兵衛が興味を持ったのを喜んだ。

「ああ。おせい、菩薩の喜十、歳は五十過ぎだと聞いたが……」

「私もそう聞いております」

「ならば、吉五郎《きちごろう》が顔を見知っているかもしれぬな」

「吉五郎さんですか……」

「うむ。花之家の喜兵衛が菩薩の喜十なのかどうかは、吉五郎に見定めて貰う。おせい、お前は丁字屋清蔵に借金の形《かた》に売られた女たちがどうなっているか調べろ。私は丁字屋清蔵と手下たちの動きを探る」

「分かりました」

おせいは、楽しげに頷いた。

「失礼致します……」

若い仲居のおようが、新しい酒を持って戻って来た。

「およう、花之家の旦那、いるのかな」

勘兵衛は尋ねた。

「いえ。旦那さまは先程お出掛けになりましたが……」

およう は、勘兵衛に怪訝《けげん》な眼を向けた。

「そうか。落ち着いた良い店だと思ってな」

「ありがとうございます。お褒《ほ》めにあずかったと、旦那さまにお伝えしておきます」

「うむ……」

「さあ、旦那……」

勘兵衛は、おせいの酌で酒を飲んだ。

所詮、義賊と云っても盗賊であり、他人の金を奪って大半は己の懐に入れている。

貧乏人に分け与える金など、微々たるものに過ぎない。だが、それで評判をあげて崇《あが》められ、他人さまの金を盗んだ罪は覆い隠される。

菩薩の喜十は、そうした事を狙って義賊を装っているのかどうかは分からない。だが、殆《ほとん》どの義賊と称する盗賊は、崇められて世間を味方にする為か、己を目立たせたいと云う欲でやっているのだ。

それだけの事だ……。

勘兵衛は、義賊に関心はなかった。

両国広小路の南に薬研堀はあり、高利貸の『丁字屋』はある。

高利貸『丁字屋』は、高い板塀を廻した仕舞屋《しもたや》だった。

高い板塀の奥には仕舞屋の戸口があり、横手に『丁字屋』と染め抜かれた暖簾を掛けた小さな店があった。

高い板塀は押し込みや恨みを持つ者の襲撃を警戒し、店の戸口が横手にあるのは金を借りに来る者に対しての気遣いだ。

用心深い商い上手……。

勘兵衛は、高利貸『丁字屋』の主・清蔵の人柄を読んだ。

高利貸『丁字屋』には、借金に来た客や取立て屋らしい男たちが出入りしていた。

勘兵衛は、高利貸『丁字屋』の暖簾を潜った。

「いらっしゃいませ……」

狭い土間の向こうには帳場があり、中年の番頭がいた。

勘兵衛は、塗笠を取って框《かまち》に腰掛けた。

「金を借りたい……」

「如何程《いかほど》、御用立て致しましょうか……」

番頭は、勘兵衛を貧乏浪人だと値踏みした。

「そうだな……」

「一両か、二両にございますか……」

番頭は、勘兵衛に侮《あなど》りの眼を向けた。

「うむ。十両程、用立てて貰おうか……」

勘兵衛は、事も無げに告げた。

「じゅ、十両……」

番頭は驚いた。

「いや。二十両だ。二十両、貸してくれ」

「はあ……」

番頭は戸惑い、勘兵衛を見詰めた。

「どうした」

「は、はい。少々お待ち下さい」

番頭は、慌てた様子で帳場の奥に引っ込んだ。

勘兵衛は苦笑した。

僅かな間を置いて、番頭が禿頭《はげあたま》の肥った老人と共に出て来た。

「お侍さま、主にございます」

番頭は、禿頭の肥った初老の男を勘兵衛に引き合わせた。

「おぬしが丁字屋清蔵か……」

勘兵衛は、機先を制した。

「は、はい……」

禿頭の肥った老人は頷いた。

「二十両、用立てて貰おう」

勘兵衛は笑い掛けた。

「二十両にございますか……」

清蔵は、勘兵衛に値踏みするかのような眼を向けた。

「左様、浪人と見ての侮りは許さぬぞ……」

勘兵衛は、清蔵を見据えた。

帳場の奥に人の気配がした。

おそらく、勘兵衛を警戒する用心棒たちだ。

勘兵衛は、奥を一瞥して嘲笑を浮かべた。

「お侍さん、手前も商売。二十両、お貸しはしますが、担保はございますか……」

「担保……」

「はい。借金の形《かた》にございます」

「清蔵、盗賊に押し込まれ、五百両を奪われたそうだな」

勘兵衛は嘲《あざけ》りを浮かべた。

「お侍さん……」

清蔵は、肥った身体を強張《こわば》らせ、その顔に険しさを滲ませた。

「二十両借りる担保は、押し込んだ盗賊が何処《どこ》の誰かだ……」

勘兵衛は誘った。

奥に潜む人の気配が揺れた。

「盗賊は菩薩の喜十……」

清蔵は、勘兵衛を睨み付けた。

「何故、菩薩の喜十だと思う……」

勘兵衛は見返した。

「押し込みの夜、湯島天神裏の貧乏長屋に小判が投げ込まれた。そんな馬鹿な真似をするのは、義賊を気取っている盗賊、菩薩の喜十……」

清蔵は、己の読みを誇るような笑みを浮かべた。笑みには狡猾さが含まれていた。

「だが、何処に潜んでいるかは知らぬ筈だ」

勘兵衛は笑った。

「ご存知なんですかい……」

清蔵は、勘兵衛を厳しく見据えた。

「そいつは二十両を借りてからだ……」

勘兵衛は苦笑した。

奥にいる人の気配が揺れた。

「分かりました。二十両、お貸ししましょう」

「流石《さすが》は高利貸の丁字屋清蔵……」

「ですが、お貸しするのは明日。それで良ければ……」

清蔵は、上目遣いに勘兵衛を見た。

「良いだろう。明日の今時分に又来よう」

勘兵衛は、框から立ち上がった。

薬研堀は鈍色に輝き、繋がれている猪牙舟は揺れていた。

勘兵衛は、高利貸『丁字屋』を出て塗笠を目深に被って両国広小路に向かった。

高利貸『丁字屋』の木戸から髭面《ひげづら》の浪人と遊び人が現れ、両国広小路に向かう勘兵衛を追った。

尾行て来る者がいる。

勘兵衛は、追って来る者の人数を読んだ。

一人、二人……。

勘兵衛は、髭面の浪人と遊び人を誘うように広小路の雑踏を神田川に進んだ。

二

浅草広小路、茶屋町の料理屋『花之家』は、薄紅色の暖簾を微風《そよかぜ》に揺らしていた。

吉五郎は、広小路の雑踏越しに料理屋『花之家』を見張った。

料理屋『花之家』は、金龍山浅草寺の参拝を終えた客で賑わっていた。

「親方……」

船頭の丈吉《じょうきち》がやって来た。

「おう。どうだった……」

「花之家喜兵衛、白髪頭の小柄な年寄りでしてね。奉公人にも優しい、穏やかな人柄だとか……」

丈吉は、聞き込みの結果を伝えた。

「やはりな……」

吉五郎は頷いた。

「菩薩の喜十のお頭ですか……」

丈吉は眉をひそめた。

「私が大昔に見掛けた菩薩の喜十は、未だ白髪頭じゃあなかった。だが、やはり小柄で穏やかな人柄だったよ」

吉五郎は苦笑した。

「顔を見る迄は、何とも云えませんか……」

「そうだな……」

吉五郎は頷いた。

「菩薩ってのは、穏やかな人柄や義賊振りから来ているんですかね」

「そいつもあるが。喜十の背中には弥勒菩薩《みろくぼさつ》の彫《ほ》り物《もの》があってな」

「弥勒菩薩の彫り物……」

「ああ。どうしてかは分からないが、昔から信心しているそうだ」

「じゃあ、盗んだ金を貧乏人にばら撒くのは、信心の所為《せい》ですかね」

「かもしれないが、所詮は盗賊だ……」

吉五郎は苦笑した。

広小路の雑踏は途切れる事なく続いた。

吉五郎と丈吉は、辛抱強く料理屋『花之家』の主、喜兵衛が現れるのを待った。

勘兵衛は、不忍池の畔《ほとり》を進んだ。

不忍池《しのばずのいけ》は煌めいた。

髭面の浪人と遊び人は追って来る。

下手な尾行だ……。

勘兵衛は苦笑した。

髭面の浪人と遊び人は、清蔵に勘兵衛の正体を摑めと命じられて追って来ている。

勘兵衛は読んだ。

さあて、どうする……。

知りたいのは、清蔵が菩薩の喜十についてどれだけ調べあげているかだ。

勘兵衛は、尾行《つけ》て来る髭面の浪人と遊び人を窺った。

髭面の浪人と遊び人は、勘兵衛が尾行に気付いていないと思い、一定の距離を保って来ていた。

勘兵衛は、不意に横手にある料理屋の黒塀の陰に走り込んだ。

髭面の浪人と遊び人は、慌てて勘兵衛を追って黒塀の陰に走った。

刹那、料理屋の黒塀の陰で待ち構えていた勘兵衛が、追って走り込んで来た髭面の浪人を殴り倒した。

髭面の浪人は倒れ、気を失った。

遊び人は、慌てて身を翻《ひるがえ》して逃げようとした。

勘兵衛は、素早く遊び人の着物の襟《えり》を摑んで引き戻した。

遊び人は、背後に引き戻されて仰向けに倒れた。

勘兵衛は、仰向けに倒れた遊び人を押えて両頬を平手打ちにした。

遊び人は、頭を抱えて身を縮めた。

勘兵衛は、身を縮めた遊び人を雑木林に引き摺り込んだ。

遊び人は、必死に逃げようとした。

勘兵衛は、逃げようとする遊び人に鋭い蹴りを入れた。

遊び人は、苦しげに呻《うめ》いて蹲《うずくま》った。

「名は何と云う……」

「も、紋次《もんじ》……」

遊び人は、恐怖に声を震わせて名乗った。

「紋次、清蔵は菩薩の喜十をどれ程、調べているのだ……」

「そ、それは……」

紋次は、喉《のど》を引《ひ》き攣《つ》らせて黙り込んだ。

「云わぬか……」

紋次は勘兵衛の言葉を無視し、憎悪に満ちた眼を向けた。

勘兵衛は冷たく笑い、紋次の右手を取って捻《ねじ》り上げた。

紋次は、激痛に顔を歪めて呻いた。

「云わねばどうなるか、覚悟するのだな……」

勘兵衛は、紋次の捻り上げた右手の薬指を無造作に曲げた。

薬指の骨の折れる音が、小さく鳴った。

紋次は、身を捩《よじ》って悲鳴をあげた。

勘兵衛は、逃れようと踠《もが》く紋次を容赦なく押え付けた。

「次はどの指が良い。人差指か中指、それとも腕にするか……」

勘兵衛は嘲笑した。

「あ、浅草……」

紋次は、苦しげに嗄《しやが》れた声を絞り出した。

「浅草……」

「ああ。菩薩の喜十、浅草界隈《かいわい》に潜んでいるらしいと……」

紋次は、途切れ途切れに吐いた。

「誰に聞いた……」

「清水《しみず》の勇助《ゆうすけ》って盗人に……」

清水の勇助は、駿河《するが》国清水湊《みなと》生まれの男で勘兵衛も知っている盗人だ。

「清水の勇助か……」

「へい……」

「その勇助が、菩薩の喜十は浅草界隈に潜んでいると云ったのだな」

「へい。浅草広小路で見掛けたと……」

「で、清蔵は今、浅草界隈に手下を走らせて喜十を捜しているか……」

「へい……」

高利貸『丁字屋』清蔵は、菩薩の喜十が浅草界隈にいると知り、手下たちに捜させている。だが、菩薩の喜十が、料理屋『花之家』の主・喜兵衛かもしれないと云う事は知らないようだ。

「で、清水の勇助は何処にいる……」

「湯島天神で女に鶴《つる》やって飲み屋をやらせていまして、そこに……」

「湯島天神の鶴や。嘘偽りはないな……」

「そりゃあもう……」

紋次は、折られた指を押えて頷いた。

此迄《これまで》だ……。

勘兵衛は、紋次の鳩尾《みぞおち》に拳を鋭く叩き込んだ。

紋次は呻き、気を失った。

勘兵衛は、紋次を残して雑木林を後にした。


高利貸『丁字屋』清蔵は、借金を返せない者の女房や娘を岡場所に売り飛ばしていた。

おせいは、女房や娘を借金の形に売り飛ばされた者を訪ね歩いた。

女房や娘を売られた者たちは、相変わらずの貧乏暮らしに喘《あえ》いでいた。

義賊・菩薩の喜十の施《ほどこ》しはない……。

おせいは、菩薩の喜十が高利貸『丁字屋』から奪った金を清蔵に苦しめられた者にも与えていると思った。だが、苦しめられた者に金は与えられていなかった。

義賊・菩薩の喜十が高利貸『丁字屋』に押し込んだのは、清蔵に苦しめられた者の為ではないのだ。

おせいは、義賊を謳《うた》う菩薩の喜十に微かな違和感を覚えた。

浅草広小路の賑わいは続いていた。

吉五郎と丈吉は、料理屋『花之家』を見張り続けた。

料理屋『花之家』は繁盛していた。

白髪頭の小柄な年寄りが、料理屋『花之家』の横手の路地から広小路に出て来た。

「丈吉……」

吉五郎は、満面に緊張を滲ませた。

「はい。あの年寄り……」

丈吉は、白髪頭の小柄な年寄りを見詰めた。

「菩薩の喜十だ……」

吉五郎は、緊張した面持ちで見定めた。

「やっぱり……」

丈吉は喉を鳴らした。

料理屋『花之家』喜兵衛は、盗賊・菩薩の喜十に間違いなかった。

「追いますよ」

丈吉は、喜十を追い掛けようとした。

「待ちな……」

吉五郎は、料理屋『花之家』を見詰めながら丈吉を制した。

丈吉は戸惑い、吉五郎の視線の先を追った。

料理屋『花之家』から、中年の浪人が出て来た。

中年の浪人は、辺りを鋭く窺って喜十の後を追った。

「用心棒ですか……」

丈吉は眉をひそめた。

「ああ。喜十を尾行る者を警戒している……」

「危ねえ、危ねえ……」

丈吉は苦笑した。

「よし。私が先に喜十を追う。丈吉、お前は用心棒を尾行て来な」

「承知……」

吉五郎と丈吉は、二手に別れて菩薩の喜十を尾行る事にした。

菩薩の喜十は、浅草広小路の雑踏を東に進み、大川に架かる吾妻橋《あづまばし》に向かった。

中年の浪人は、喜十が襲われた時に直ぐに助けられる距離を保ち、尾行る者を警戒しながら続いた。

吾妻橋は、浅草と本所・深川を往き来する者たちで賑わっていた。

喜十と中年の浪人は、吾妻橋の右側を進んだ。

吉五郎は、喜十と中年浪人の左側の後ろを進んだ。

丈吉は、充分な距離を取って中年浪人を追った。

大川の流れは、春の陽差しを受けて明るく輝いていた。

飲み屋『鶴や』は、湯島天神門前の盛り場の片隅にあった。

勘兵衛は、開店前の『鶴や』を訪れた。

『鶴や』の薄暗い店内は掃除をされておらず、徳利や小鉢や箸が飯台に残されたままだった。

真っ当な商売をしていない……。

勘兵衛は苦笑した。

男の鼾《いびき》が、店の奥から微かに聞こえた。

勘兵衛は板場に入った。

男の鼾は、板場の奥の板戸の向こうから聞こえていた。
勘兵衛は、板戸を音もなく開けた。
薄暗い居間には、半裸の男が若い女を抱いて鼾を掻いて眠っていた。
半裸の男は、清水の勇助だった。
勘兵衛は、手拭を出して勇助の半開きの口と鼻を押えた。
鼾は止まった。
勇助は、口元の手拭を払い退けようとした。
勘兵衛は尚も押えた。
勇助は苦しげに踠《もが》き、眼を開けた。
勘兵衛は、口元を押えていた手で勇助の首を押えた。
勇助は息を鳴らし、眼を瞠《みは》った。
「久し振りだな、勇助……」
勘兵衛は囁いた。
「ね、眠り猫のお頭……」
勇助は、塗笠を目深に被った浪人が勘兵衛だと気付き、声を嗄《か》らした。
「勇助、菩薩の喜十を高利貸の丁字屋清蔵に売ったな」

「お、お頭……」

勇助は、恐怖に衝き上げられた。

「経緯《いきさつ》はどうあれ、同業の者を売るのは感心しないな……」

勘兵衛は嘲りを浮かべた。

勇助は、恐怖に震えて必死に逃れる隙を窺った。だが、勘兵衛に隙はなかった。

「お前はいつか私も売る……」

勘兵衛は、勇助の首を静かに絞めた。

勇助は、喉を鳴らして仰《の》け反《ぞ》り、息絶えた。

一度売れば、二度三度……。

同業の者を売り、楽に金を儲けるのは癖になる。

禍《わざわい》は芽の内に断つのが極意……。

勘兵衛は、己の信条を実行した。

若い女は、寝息を立てて豊満な乳房を上下させていた。

勘兵衛は、足音を忍ばせて居間を出て板戸を閉めた。

若い女は眠り続けた。

「撒《ま》かれた……」

清蔵は、肥った身体を揺らし、針のような眼で髭面の浪人と紋次を睨み付けた。

「うむ。不意を突かれて。なあ、紋次……」

髭面の浪人は、紋次に同意を求めた。

「へい。何とか捕まえようとしたんですが、野郎、手向かって逃げやがったんです」

紋次は、勘兵衛に締め上げられたのを内緒にし、髭面の浪人と口裏を合わせた。

「くそっ……」

清蔵は、悔しげに煙管《きせる》を煙草盆の灰吹きに叩き付けた。

甲高い音が響き、紋次の折られた薬指に激痛が走った。

「紋次、あの塗笠野郎、ひょっとしたら菩薩の喜十の仲間の盗賊かもしれねえな」

清蔵は睨んだ。

「は、はい……」

紋次は頷いた。

「もし、そうなら清水の勇助が知っているかもしれねえ。聞いて来い」

清蔵は、紋次に命じた。

「へい、じゃあ御免なすって……」

紋次は身軽に立ち上がり、素早く『丁字屋』の居間から出て行った。

清蔵は、苛立たしげに煙草を吹かした。


吾妻橋を渡って本所に入った菩薩の喜十は、出羽《でわ》国秋田《あきた》藩江戸下屋敷の北の角を廻り、何事もなく源森川《げんもりがわ》沿いを東に進んだ。

中年の浪人は、菩薩の喜十を襲ったり尾行る者がいないと見定めて駆け寄った。そして、喜十と一緒に中《なか》ノ郷瓦町《ごうかわらまち》に曲がった。

吉五郎は、充分な距離を取って追っていた。

「代わります」

丈吉は、吉五郎を追い抜いて喜十と中年の浪人との距離を詰めた。

吉五郎は緊張を解き、深い吐息を洩らした。

菩薩の喜十は、中年の浪人を伴って何処に行くのだ。

吉五郎は、丈吉の後ろ姿を追った。

喜十と中年の浪人は、中ノ郷八軒町《はちけんちょう》の角を曲がって横川に向かった。

丈吉は慎重に尾行た。

喜十と中年の浪人は、横川に架かる業平橋《なりひらばし》を渡って遠江《とおとうみ》国横須賀《よこすか》藩江戸下屋敷の門前に出た。そして、横川沿いの道を南に進み、板塀に囲まれた仕舞屋の木戸門を潜った。

丈吉は見届けた。

「丈吉……」

吉五郎がやって来た。

「あそこの仕舞屋に入りました」

丈吉は、板塀に囲まれた仕舞屋を示した。

吉五郎は、厳しい眼で仕舞屋を見詰めた。

三

小料理屋『桜《さくら》や』の奥の部屋には、店で酒を楽しむ馴染客《なじみきやく》たちの笑い声が響いていた。

「そうですか、清水の勇助の奴を始末しましたか……」

吉五郎は、手酌で猪口に酒を満たした。

「さもなければ、私たちもいつかは売られる」

勘兵衛は酒を飲んだ。

「外道が……」

吉五郎は吐き棄て、酒を飲んだ。

「だが、丁字屋の清蔵、執念深く手下に菩薩の喜十を追わせている」

「そうですか……」

「で、花之家の喜兵衛は……」

「はい。菩薩の喜十に間違いありません」

吉五郎は告げた。

「やはりな……」

「その花之家の喜兵衛こと菩薩の喜十ですが、本所は横川沿いにある仕舞屋が隠れ家のようですよ」

「隠れ家……」

「ええ。遠江国は横須賀藩江戸下屋敷の近くでしてね。夜はそこで過ごしているものと思われます」

「その慎重さが、菩薩の喜十を生きながらえさせてきたのかもな……」

勘兵衛は読んだ。

「きっと……」

吉五郎は頷いた。

「だが、今度ばかりはそうはいかぬかもしれぬ……」

勘兵衛は、厳しさを過ぎらせた。

「お頭……」

吉五郎は眉をひそめた。

「執念深い丁字屋清蔵だ。花之家喜兵衛が喜十だと必ず突き止めるだろう」

勘兵衛は眉をひそめた。

「どうします……」

「さあて、どうするか……」

勘兵衛は、猪口の酒を飲み干した。

行燈《あんどん》の明かりは、酒を飲む『丁字屋』清蔵の禿頭を照らしていた。

「なに、清水の勇助が死んだ……」

清蔵は驚き、口元の猪口から酒を零《こぼ》した。

「へい。情婦《おんな》を抱いて眠っている内に息絶えていたそうです」

紋次は困惑を浮かべた。

「殺されたんじゃあるまいな……」

清蔵は、戸惑いと怒りを滲ませた。

「あっしもそう思っていろいろ情婦に訊いたんですが、一緒に寝ていて眼が覚めた時には隣りで死んでいたそうです」

「斬られたり、刺されたりはしちゃあいないんだな」

「へい。身体の何処にも傷はなく、首に紐《ひも》で締めた痕《あと》もなかったそうです。ですが……」

紋次は言い淀んだ。

「ですが、何だ……」

清蔵は、血走った眼で紋次を睨み付けた。

「あっしも旦那と同じように、勇助は殺されたんじゃあねえかと……」

紋次は、微かな怯えを過ぎらせた。

「そう思うか……」

「へい」

「で、殺《や》ったのは、菩薩の喜十一味か……」

清蔵は、紋次を見据えた。

「へ、へい……」

紋次は、微かな躊躇《ためら》いを過ぎらせながら頷いた。

清水の勇助を殺ったのは、菩薩の喜十一味の者ではなく、薬指をへし折った侍……。

紋次はそう睨んだ。だが、それを告げると、己が責められて清水の勇助の居場所を教えた事実を気付かれる恐れがある。

清蔵が知れば無事にはすまない……。

紋次は口を噤《つぐ》んだ。

「喜十の野郎……」

清蔵は、喜十への憎悪を露わにした。

「旦那……」

取立て屋の定五郎《さだごろう》が入って来た。

「どうした。定五郎……」

「へい。菩薩の喜十らしい年寄りを漸《よう》く見付けましたぜ」

定五郎は手柄顔で告げた。

「いたか……」

清蔵は身を乗り出した。

「へい。浅草界隈にいる白髪頭で小柄で金廻りの良い年寄りを捜し、虱潰《しらみつぶ》しに当たって漸くそれらしい年寄りを……」

定五郎は薄笑いを浮かべた。

「勿体振《もったいぶ》るな。何処の誰だ……」

清蔵は苛立った。

「そいつが、浅草は茶屋町に花之家って料理屋がありましてね。そこの旦那の喜兵衛ってのが、それらしい年寄りでしてね」

盗賊・菩薩の喜十の世間での姿は突き止められた。

「花之家の喜兵衛か……」

「へい。白髪頭で小柄で金廻りが良く、足腰は押し込みが出来るぐらいにしっかりしている年寄りだとか……」

　定五郎は、その眼に狡猾さを滲ませた。

「喜兵衛……」

　清蔵は、己に長脇差を突き付けて金を出せと脅した菩薩の喜十を思い出した。

「で、旦那に喜兵衛の面を見て貰おうと思いましてね……」

「よし。明日にでも面を見届けてやる」

「へい……」

　定五郎は頷いた。

「紋次、花之家喜兵衛が菩薩の喜十だったら直ぐに乗り込む。人数を集めろ」

　清蔵は命じた。

　行燈の明かりが瞬き、清蔵の横顔に残忍さが見え隠れした。


　春の陽差しは日毎に強くなり、浅草広小路を行き交う人々の足取りも軽くなった。

　料理屋『花之家』は暖簾を掲げた。

　吉五郎とおせいは、料理屋『花之家』を見張った。

料理屋『花之家』には、浅草寺の参拝客が訪れ始めた。

吉五郎は、料理屋『花之家』を窺う者が自分たちの他にもいるのに気付いた。

窺う者は、行き交う人々に紛れて『花之家』を見張っていた。

清蔵の手下……。

吉五郎は、料理屋『花之家』を窺う者をそう睨んだ。

「おせいさん、どうやら清蔵の奴、気付いたようだよ」

「えっ……」

おせいは、緊張を過ぎらせた。

「花之家の左側にいる半纏を着た男。おそらく清蔵の手下だ……」

吉五郎は示した。

「じゃあ他にも……」

おせいと吉五郎は、料理屋『花之家』の周囲を厳しく見廻した。

浪人や遊び人など数人の男が、物陰や雑踏に潜んで料理屋『花之家』を見張っていた。

「吉五郎さんの睨みに間違いないようですね」

おせいは、厳しさを滲ませた。

「ああ。清蔵の奴、動くな……」

吉五郎は眉をひそめた。

本所横川沿いにある仕舞屋は、板塀の木戸を閉めたままだった。

丈吉は対岸に潜み、横川越しに仕舞屋を見張っていた。

「丈吉……」

勘兵衛が、丈吉の背後に現れた。

「お頭……」

「菩薩の喜十、未だいるのだな……」

勘兵衛は、横川越しに仕舞屋を見詰めた。

「はい。用心棒の中年の浪人と一緒です」

「他には……」

「留守番の下男夫婦……」

「それだけか……」

「はい」

丈吉は辺りに聞き込み、普段の仕舞屋には下男夫婦しかいないのを突き止めていた。

「用心棒の中年浪人、かなりの遣い手だとみえるな……」

「きっと……」

丈吉は頷いた。

盗賊・菩薩の喜十は、用心棒の中年浪人と下男夫婦の四人で夜を仕舞屋で過ごしている。

それは、喜十が用人棒の中年浪人の人柄と剣の腕を信用している証だ。

どんな男なのか……。

勘兵衛は、用心棒の中年浪人に興味を抱いた。

僅かな刻が過ぎ、仕舞屋の板塀の木戸が開いた。

勘兵衛と丈吉は、素早く物陰に隠れた。

用心棒の中年浪人が現れ、辺りを油断なく見廻した。

用心棒の中年浪人……。

勘兵衛に見覚えはなかった。

用心棒の中年浪人は、辺りに不審がないと見定めて振り向いた。

白髪頭の小柄な年寄りが、下男に見送られて木戸から出て来た。

「お頭……」

丈吉は、勘兵衛を窺った。

「ああ……」

菩薩の喜十……。

勘兵衛は頷いた。

菩薩の喜十は、用心棒の中年浪人と共に横川沿いの道を業平橋に向かった。

「丈吉、行き先は花之家だ。先に行け。私は二人を追って行く」

「承知……」

丈吉は、身を翻して足早に立ち去った。

勘兵衛は、喜十と用心棒の中年浪人を横川越しに見ながら業平橋に向かった。


浅草広小路の賑わいは続いていた。

吉五郎とおせいは、料理屋『花之家』と清蔵の手下たちの動きを見張った。

羽織を着た二人の男が、料理屋『花之家』に入って行った。

「清蔵の手下だ」

吉五郎は、羽織を着た男の一人が右手の指に包帯を巻いているのを見逃さなかった。

「分かるんですか……」

おせいは戸惑った。

「お頭が、紋次と云う手下の右手の薬指をへし折ったそうだ」

「じゃあ、右手に包帯を巻いていた奴が紋次ですか……」

「きっと……」

吉五郎は笑った。

「花之家の様子を探りに来たんですかね」

「そんな処だろうな……」

「吉五郎の親方、姐《あね》さん……」

丈吉がやって来た。

「おう……」

「菩薩の喜十と用心棒が来ます」

「お頭は……」

「二人を追って来ます。何か……」

「丁字屋清蔵、花之家喜兵衛が菩薩の喜十だと気付いたようだ」

吉五郎は眉をひそめた。

「じゃあ、清蔵の手下たちが……」

丈吉は、厳しい面持ちで料理屋『花之家』の表を窺った。

「ああ。ひょっとしたら清蔵も何処かにいるかもしれない」

「どうします。もう直《じき》、喜十と用心棒が来ますよ」

「取り敢えずお頭に報せるんだね。どうするかはそれからだよ」

おせいは告げた。

「はい。じゃあ……」

丈吉は身を翻した。

「お頭、どうしますかね……」

「義賊も盗賊、同業者だ。その数少ない同業者が狙われているのを黙って見ているお頭じゃあない」

「じゃあ……」

「ああ……」

吉五郎は苦笑した。

吾妻橋には多くの人が行き交っていた。

菩薩の喜十は、用心棒の中年浪人と共に吾妻橋に向かっていた。

勘兵衛は、塗笠を目深に被って追った。

用心棒の中年浪人は、喜十を警固しながら進んでいた。その身のこなしや足取りに油断はなく、襲い掛かる者は一太刀で倒す気迫を秘めていた。

やはり、かなりの遣い手……。

勘兵衛は、用心棒の中年浪人の剣の腕を見定めた。

喜十と用心棒の中年浪人は、吾妻橋を渡り始めた。

勘兵衛は続いた。

丈吉が現れ、勘兵衛の背後に付いた。

「どうした……」

「丁字屋清蔵、花之家喜兵衛が菩薩の喜十だと気付いたようだと……」

丈吉は囁いた。

「吉五郎か……」

「はい。おせいの姐さんと。どうしますか……」

勘兵衛と丈吉は、喜十と用心棒の中年浪人の後ろ姿を見据えながら囁き合った。

「よし。花之家に先廻りする」

「はい……」

丈吉は頷いた。

勘兵衛は足取りを速め、行き交う人に紛れて喜十と用心棒の中年浪人を追い抜いた。

勘兵衛は、丈吉と共に吉五郎やおせいと落ち合った。

吉五郎は、料理屋『花之家』が高利貸『丁字屋』清蔵の手下たちに見張られている事を告げた。

「清蔵は……」

勘兵衛は、料理屋『花之家』を見詰めた。

「おそらく何処かにいるんでしょうが……」

吉五郎は、眉をひそめて辺りを見廻した。

「姿を見せないか……」

「はい……」

吉五郎は頷いた。

「お頭……」

丈吉が、緊張を滲ませた。

菩薩の喜十が、用心棒の中年浪人と吾妻橋から来るのが見えた。

勘兵衛は、厳しさを浮かべた。

「清蔵、仕掛けますかね……」

丈吉は、緊張に喉を引き攣らせた。

「この人混みじゃあ無理だよ」

おせいは読んだ。

「たとえ仕掛けた処《ところ》で、あの用心棒がいる限り、高利貸の手下など束になっても敵《かな》わぬ」

「あの用心棒、そんなに恐ろしい遣い手なんですか……」

おせいは呆れた。

「うむ……」

勘兵衛は頷いた。

喜十と用心棒の中年浪人は、広小路の雑踏を料理屋『花之家』に進んだ。

おそらく、高利貸『丁字屋』清蔵は、料理屋『花之家』に出入りする者に菩薩の喜十を捜す筈だ。

喜十と用心棒の中年浪人は、料理屋『花之家』の薄紅色の暖簾を潜った。

清蔵は、菩薩の喜十を見定めた……。

勘兵衛の直感が囁いた。

四

勘兵衛の直感は当たった。

禿頭の肥った初老の男が、二人の浪人と共に料理屋『花之家』に入って行った。

「お頭……」

吉五郎が眉をひそめた。

「ああ、丁字屋清蔵だ……」

勘兵衛は、清蔵が喜十を見定めて動き始めたと読んだ。

「野郎、何を企んでいやがるのか……」

丈吉は、声を僅かに弾ませた。

料理屋『花之家』の横手の路地からおせいが現れ、勘兵衛たちの許に駆け寄った。

「清蔵が現れたな……」

「はい。お客として座敷にあがりました」

おせいは、料理屋『花之家』の仲居およう に近付き、それとなく店の様子を聞き出していた。

「吉五郎、紋次たちも客としてあがっていたな……」

「はい。紋次の他にも客として潜り込んでいる手下がいるのかもしれません……」

吉五郎は睨んだ。

「よし。おせい、私たちも花之家で酒と料理を楽しむか……」

勘兵衛は、不敵な笑みを浮かべた。

料理屋『花之家』は、昼飯時も過ぎて客は疎《まば》らになっていた。

勘兵衛、吉五郎、おせい、丈吉は、女将のおとよと番頭の七五郎に迎えられて『花之家』にあがった。そして、仲居のおようの案内で座敷に落ち着いた。

勘兵衛たちは、酒を飲んで料理を食べた。

「おようさん、さっきちらりと見掛けたんですが、丁子屋の旦那さんがお見えのようですねえ」

おせいは、給仕をする仲居のおように鎌を掛けた。

「丁字屋の旦那さんですか……」

おようは、高利貸『丁字屋』清蔵を知らなかった。

「頭の禿げた肥った旦那だよ……」

丈吉は、おように笑い掛けた。

「ああ。あの旦那さまですか……」

おようは、『丁字屋』の旦那が誰か分かった。

「ちょいとした知り合いでね。後で挨拶をしたいんだけど、どの座敷だい……」

おせいは訊いた。

「あの旦那さまならこの先、廊下の一番奥の牡丹《ぼたん》之間ですよ」

おようは、何の警戒もなくおせいに告げた。

「あら、そう、牡丹之間ねえ。じゃあ、お酒をね」

おせいは微笑んだ。

「はい。只今……」

およふは、座敷を出て行った。

「廊下の一番奥の牡丹之間ですか……」

吉五郎は微笑んだ。

「うむ……」

「どうします」

「菩薩の喜十がどうするかだな……」

勘兵衛は酒を飲んだ。

「喜十、清蔵に気が付いていますかね」

丈吉は、手酌で酒を飲んだ。

「何事にも用心深い喜十だ。禿頭の肥った旦那、おそらく気付いているだろう」

勘兵衛は読んだ。

「じゃあ……」

「如何《いか》に義賊でも命を狙われれば、大人しくはしていまい」

勘兵衛は睨んだ。

「じゃあ、喜十は清蔵を……」

吉五郎は眉をひそめた。

「さあて、菩薩が鬼神になるかどうか。見物だな……」

勘兵衛は、事の成行きを楽しむかのような笑みを浮かべて酒を飲んだ。


座敷の床の間の壁には、能面の孫次郎《まごじろう》が飾られていた。

清蔵の禿頭は、酒と緊張に薄く汗を滲ませていた。

「旦那、紋次と定五郎を呼んできましたぜ」

用心棒の浪人が、紋次と定五郎を連れて座敷に入って来た。

「どうだ……」

清蔵は、紋次と定五郎を見据えた。

「へい。今、花之家にいる男は、旦那の喜兵衛、番頭の七五郎、三人の板前と二人の下男。それに中年の浪人が一人……」

「みんな盗賊か……」

清蔵は、微かな怯えを過ぎらせた。

「そいつが三人の板前は違うようですが、二人の下男が良く分からないので……」

定五郎は首を捻《ひね》った。

「じゃあ、その二人の下男を入れ、盗賊は五人だな」

清蔵は、安心したように酒を飲んだ。

「おそらく……」

定五郎は頷いた。

「よし。で、紋次、他の者はどうした」

「へい。池田《いけだ》の旦那と安吉《やすきち》たちは、百合《ゆり》之間で酒を飲んでいますよ」

紋次は告げた。

料理屋『花之家』には、清蔵の手下と金で雇われた者たちが客として入り込んでいた。

「よし。菩薩の喜十。本物の仏さんにしてやるぜ」

清蔵は、縁側から差し込む夕陽に禿頭を光らせて残忍に笑った。

床の間の壁の孫次郎の眼が瞬いた。

牡丹之間の隣りの座敷の襖《ふすま》が開き、番頭の七五郎が廊下に出て来た。

七五郎は、嘲りの一瞥を隣りの牡丹之間に投げ、足早に立ち去った。

「菩薩の喜十を本物の仏にしてくれるか……」

喜十は、穏やかな笑みを浮かべた。

「ええ。清蔵の野郎、隣りの座敷であっしが聞いているとも知らず、偉そうに抜かしやがって、どうします……」

番頭の七五郎は、喜十の指示を仰いだ。

「七五郎、旦那の正体を知った者は生かしておけないよ」

女将のおとよは、厳しく告げた。

「ですが小頭、百合之間と菊《きく》之間にいる奴らも清蔵の手下。幾ら何でも片付けるには多すぎますぜ」

七五郎は戸惑った。

「毒を盛るんだよ……」

おとよは、事も無げに云い放った。

「毒……」

七五郎は息を飲んだ。

「ああ。お酒に混ぜてね……」

「お頭を本物の仏にすると乗り込んで来た清蔵だ。情け容赦は無用か……」

用心棒の中年浪人は、その眼に冷たさを過ぎらせた。

「ええ。三枝の旦那《さえぐさ》の仰《おつしや》る通り、情け容赦は無用ですよ」

おとよは、用心棒の中年浪人に笑い掛けた。

「お頭……」

七五郎は困惑した。

「七五郎、おとよと三枝さんの云った通りにするのが一番だ。尤《もつと》も清蔵は菩薩の喜十の恐ろしさを思い知らせてから片付ける。良いな」

「はい……」

喜十は微笑み、清蔵の手下たちの毒殺を穏やかに命じた。

七五郎は頷いた。

「じゃあ七五郎、仕度をするよ」

おとよは、七五郎を促して居間から出て行った。

「頭、私は桔梗《ききよう》之間の客が気になる……」

三枝は、喜十に告げた。

「桔梗之間の客……」

喜十は戸惑った。

「うむ。浪人と町方の二人の男と女の客だ」

「三枝さん、何が気になるので……」

「何がと云われても困るのだが……」

三枝は眉をひそめた。

「だったら三枝さん、先ずは清蔵を始末してからだ……」

喜十は苦笑した。

牡丹之間には、何らかの仕掛けがある……。

菩薩の喜十が、禿頭の肥った客が『丁字屋』清蔵だと気付いたなら、只の座敷に通す筈はない。

勘兵衛は思いを巡らせた。

「先ずは、客を見張る仕掛けのある座敷ですか……」

吉五郎は読んだ。

「うむ……」

「でしたら、天井裏か隣りの部屋……」

丈吉は、座敷の中を見廻した。

「喜十が新しく普請した料理屋。見張りの仕掛け、きっと隣りの部屋に造ってあるんじゃあないですかね」

おせいは睨んだ。

「うむ。その辺だな……」

勘兵衛は笑った。

牡丹之間の隣りの座敷は薄暗く、余り使っている様子は窺えなかった。

勘兵衛は、隣りの牡丹之間との間にある床の間に忍び寄った。

一間の床の間には掛け軸が飾られていた。

勘兵衛は、掛け軸の後ろを覗いた。

掛け軸の後ろに変わった処はなかった。

勘兵衛は、続いて床の間の柱を調べた。柱には小さな隠し取っ手があった。

勘兵衛は隠し取っ手を動かした。

床の間の横の壁が上がり、人が潜れる程度に開いた。

壁の中には、人一人が入る事の出来る空間があった。

勘兵衛は、暗い壁の間に忍び込んだ。
眼の高さに二つの小さな穴があった。
覗き穴だ……。
勘兵衛は、覗き穴を覗いた。
覗き穴から禿頭が見えた。
高利貸『丁字屋』清蔵の禿頭……。
勘兵衛は、覗き穴から牡丹之間にいる清蔵と二人の浪人を見届けた。
牡丹之間の襖が不意に開いた。
勘兵衛は、己の気配を消した。

清蔵は驚いた。
菩薩の喜十が、用心棒の中年浪人の三枝や七五郎と一緒に入って来た。
清蔵の用心棒の二人の浪人は、慌てて座敷の隅に置いてある刀を取った。
刹那《せつな》、三枝の刀が閃いた。
二人の浪人は、首筋を鋭く打ち据えられて崩れ落ちた。
三枝の手練《てだれ》の早業だった。

清蔵は仰け反り、慌てて戸口に這い寄った。

七五郎が蹴り飛ばした。

清蔵は、仰向けに倒れて肥った身体を揺らした。

「丁字屋清蔵、私を名前通りの仏にしてくれるそうだな」

喜十は、穏やかに笑い掛けた。

「き、喜十……」

清蔵は、恐怖に震えて座敷の外を窺った。

「清蔵、手下共はとっくに仏になっているぜ」

七五郎は嘲笑した。

清蔵は仰天し、激しく震えた。

「清蔵、金だけではなく、命迄もくれようとはな……」

喜十は、穏やかな笑顔を消し、狂気の孕《はら》んだ眼で清蔵を睨み付けた。

「か、勘弁してくれ。俺が悪かった。勘弁してくれ……」

清蔵は恐怖を募らせ、鼻水を垂らし泣きながら許しを請うた。

「いいや。清蔵、もう遅い。愚かな真似は菩薩を鬼にした……」

喜十は、清蔵を冷酷に見据えた。

「た、助けて……」

清蔵は、眼を瞠《みは》って言葉を飲んだ。

喜十は笑った。

清蔵は、己の心《しん》の臓《ぞう》に打ち込まれている六寸程の長針を呆然と見詰めた。

喜十は、狂気に満ちた笑みを浮かべて長針を清蔵の心の臓に押し込んだ。

清蔵は、大きく息を吐きながら絶命した。

刹那、床の間の壁に飾られた孫次郎の能面の眼が瞬いた。

人の気配だ……。

三枝は気付き、素早く牡丹之間を出た。

廊下に人影はなかった。

三枝は、牡丹之間の隣りの座敷に入った。

隣りの座敷に人影はなかった。

人の気配は確かにした……。

三枝は、床の間に忍び寄り、柱の隠し取っ手を動かした。

床の間の横の壁が開いた。

三枝は身構え、壁の間の空間を窺った。

壁の間の空間には誰もいなかったが、人のいた気配が微かに残っていた。

逃げられた……。

三枝は座敷を出た。

眠り猫の千社札が、壁の間の空間の天井に残されていた。


三枝は廊下に出た。

「どうした……」

喜十が眉をひそめていた。

「何者かが見ていた」

「まさか……」

「桔梗之間だ……」

三枝と喜十は、桔梗之間に急いだ。

桔梗之間には誰もいなかった。

浪人と二人の町方の男と女は、既に消えていたのだ。

三枝は、悔しさを滲ませた。

「三枝さん……」

「頭、どうやら此処にいた者共、盗賊菩薩の喜十を知っているようだ」

「となると同じ盗賊……」

喜十は、怒りを滲ませた。

「かもしれぬ。何《いず》れにしろ、後の始末は私たちが引き受けた。頭は本所に戻った方が良さそうだ」

三枝は勧めた。

「うむ……」

喜十は頷いた。

桔梗之間の障子は夕陽に赤く染まった。

本所・横川の流れは暗かった。

菩薩の喜十は、横川沿いの道を足早に仕舞屋に向かっていた。

人影が行く手に揺れた。

喜十は眉をひそめ、人影を透かし見た。

人影は勘兵衛だった。

「菩薩の喜十、義賊の本性、確《しか》と見せて貰った……」

勘兵衛は告げた。

喜十は、勘兵衛が隣りの座敷から事の次第を窺い、逸早《いちはや》く姿を消した桔梗之間の客だと気付いた。

「お前さん、同業だね……」

「眠り猫……」

勘兵衛は苦笑した。

喜十は、盗賊・眠り猫の噂を知っていた。

「眠り猫……」

「ああ……」

「そうか、お前さんが眠り猫か……」

如何《いか》に同業者でも、本性を知られたからには生かしておけない……。

喜十は、密かに覚悟を決めた。

「で、その眠り猫が何の用かな……」

喜十は、薄笑いを浮かべながら勘兵衛に近付いた。

「殺しに来た悪辣な高利貸とは云え、手下迄皆殺しにするのは感心しない……」

「甘いな……」

喜十は苦笑し、勘兵衛に長針で突き掛かった。

刹那、勘兵衛は抜き打ちの一刀を放った。

抜き打ちの一刀は閃光となり、喜十の首の血脈を刎《は》ね斬った。

喜十は、眼を瞠って凍て付いた。

勘兵衛は見据えた。

「ね、眠り猫……」

喜十は呆然と呟き、首の血脈から血を振り撒いた。

血は夜目《よめ》にも鮮やかに飛び散った。

喜十はよろめき、横川に落ちた。

勘兵衛は、刀に拭いを掛けた。

横川は喜十を飲み込み、何事もなかったかのように暗く流れ続けた。

高利貸『丁字屋』清蔵と手下の取立て屋たちは消えた。

世間の人々は、悪辣な清蔵が恨みを買い、密かに殺されたと噂した。

手下の取立て屋や用心棒の浪人は、最初から素性がはっきりせず、その失踪は大して噂にならなかった。

何れにしろ噂は直ぐに消え、清蔵と手下たちは世間から忘れ去られた。

料理屋『花之家』は薄紅色の暖簾を降ろし、義賊・菩薩の喜十が江戸の町に現れる事は二度となかった。

義賊・菩薩の喜十は、凶悪な本性を世間に曝《さら》す事なく消え去った。

それが本人の為……。

勘兵衛は、黒猫庵の広い縁側の日溜りで居眠りを楽しんでいた。

老黒猫が現れ、野太い声で鳴きながら勘兵衛の胡座の中に納まった。

根岸の里、時雨の岡は陽差しに溢れ、気の早い桜の花びらが微風《そよかぜ》に舞った。

この作品は双葉文庫のために書き下ろされました。

双葉文庫

ふ-16-24

日溜《ひだま》り勘兵衛《かんべえ》 極意帖《ごくいちょう》

賞金首《しょうきんくび》

2014年9月14日　第1刷発行

【著者】
藤井邦夫《ふじいくにお》

【発行者】
赤坂了生
【発行所】
株式会社双葉社
〒162-8540 東京都新宿区東五軒町3番28号
［電話］03-5261-4818(営業)　03-5261-4833(編集)
www.futabasha.co.jp
(双葉社の書籍・コミックが買えます)
【印刷所】
株式会社亨有堂印刷所
【製本所】
株式会社若林製本工場

【表紙・扉絵】南伸坊
【フォーマット・デザイン】日下潤一
【フォーマットデジタル印字】飯塚隆士

落丁・乱丁の場合は送料双葉社負担でお取り替えいたします。
「製作部」宛にお送りください。
ただし、古書店で購入したものについてはお取り替えできません。
［電話］03-5261-4822(製作部)

定価はカバーに表示してあります。

ISBN978-4-575-66683-0 C0193
Printed in Japan